世紀文庫
文學013

文字結巢

陳義芝　著

【自序】野天鵝的巢

陳義芝

一九七〇年代是臺灣文學史的關鍵年代，反共口號不再成為主題，現代主義的偏執也獲得了修正，傳統和現實重新被探索。戰後出生的青年接受完整語文教育，投身文學寫作，更帶給文壇多元的新氣象。

一九七〇，正是我開始寫作的年代。我所觀摩的創作者，例如余光中、楊牧，我除了讀他們的詩和散文，也讀他們的論述。余光中的《掌上雨》、《左手的繆思》及楊牧《傳統的與現代的》，可說是那個年代文藝青年的必備手冊，既精確敏銳又富有情懷韻味，上承五四文人的瀟灑、誠懇，十分好看，顯然影響日後我對評論文章的看法。

一九八二年，我辭去中學教職正式到副刊工作，拓展知識，鍛鍊心靈，以徐志摩、沈從文、楊逵、龍瑛宗、林海音、瘂弦等「作家主編」所從事之文學編輯為業，結識了當代最優秀的作家和知識分子，眼界自是異於從前。我不只持續年少開始的創作，也認識到篩選、合併、架構、刪改等挑剔的工作，像創作一樣重要。二十年來我始終服膺艾略特（T. S. Eliot）在《詩之為用與批評之為用》中所說：

> 詩人的批評是他創作中的經驗與認知的呈現。在詩裡運作著的批判意識，也可以運作於詩的批評上。

《文字結巢》是三民書局編輯群，從我近二十餘年所寫的二十幾萬字文稿選輯而成，完全按時間排序，以對應時代的關注、文壇的實況。大部分是我以個人的創作認知，評論當代作家（包括詩、散文、小說）的表現，極小部分為對自己作品的評介。由於不按文類分輯，有一些論述（例如談魯迅、卞之琳、程抱一、張錯、張繼高、陳黎、蘇偉貞、張默、隱地、曾琮琇……的篇章）未能收錄。為傳遞親切經驗，我特別修訂了〈詩是一生的追求〉（耕莘文教院演講，陳美環整理）、〈一個詩人的自覺與反省〉（花蓮文化中心演講，黃涵穎整理〉、〈不能遺忘的遠方與今世〉（花蓮文化中心演講，黃振富整理〉、〈誰怕現代詩？〉（《中央日報》「文學到校園」活動演講，黃金鳳整理〉、〈做一個優秀的剽竊者〉（臺灣文學協會「外國文學對我的影響」座談紀錄〉、〈散文創作與時代感受〉（東吳大學「時代與世代：臺灣現代散文學術研討會」座談紀錄〉、〈流雲迎面撞擊的飛行〉（上海復旦大學演講紀錄〉等七篇講稿，加上諾貝爾文學獎公布當晚專訪高行健的難得紀錄，希望對高中生、大學生的文學初旅有所助益。

這本書共四十篇，除文學基礎原理，還包括文壇生態、文學思潮、文學傳播以及文學獎的觀察。〈小說 1993〉、〈籠天地於形內，挫萬物於筆端〉、〈爾雅詩派〉、〈一本給大眾閱讀的小說選〉、〈散文的傳統〉都是總論性的，志在為文學界排定新的秩序。〈文學獎，我們正在思索〉、〈拒絕傲慢，回歸素樸〉、〈新的寫作時代〉、〈文學的奈米實驗〉、〈抒情至上〉這五篇則是趨勢蠡測。

「真正的批評家會謹慎地避免公式化。」這一至理名言仍然出自艾略特。這句話告訴我們評論的標準不要公式化，評論的手法不要公式化，批評家要有豐富的材料，要有深刻的情懷。我希望自己不是一個公式化的批評者，而是一個「感覺必須寫文學評論的創作者」，這正是西方現代文學所推許的詩人批評家(The Poet-Critic)！

為這本書稿命名時，偶然想到野地天鵝築巢的情景，牠們展翅長達二百四十公分，築巢在湖泊沼澤間，以蘆葦或水生植物慢慢堆壓，再用胸前的羽絨鋪滿內層。我想像，那是飛禽最大的的窩巢啊，有歌聲繚繞天空。如果這本書也能寄寓飛行的夢想，我希望它是孵育野天鵝的大窩巢。

謝謝小說家林黛嫚引薦出版，謝謝三民書局編輯部提供寶貴的意見！

——二〇〇七年一月三日於臺北

1984

1991

1990

1992

文字結巢

目次

1992 1993 1994

1998

2000

1999

2000
2003
2001
2002

2003 2004 2005

2006

天地人的悲涼
——讀蕭蕭的詩

短詩，最需講究質地精純，特別是在抒情韻致的關注下，詩人的才氣功力，絲毫做假不得；誰是真正的詩人，其禀賦如何？一目瞭然。以此論蕭蕭，《悲涼》（爾雅出版，一九八二年）裡的詩多半寥寥數語，不大動文字干戈，而每一字句卻有縱深而寬廣之容與，頗能抉發人心深處之情感，如：寂寞、惆悵、懷思、憂心、疼惜、忍抑、悲、喜……等。一式的現代年輕情懷，一體的書生眼中的自然境界——從天到人，從人到地，靜觀、自得；蕭蕭舉目，蕭蕭生長，蕭蕭翔舞。

一九七〇年代初，蕭蕭即以批評之筆縱橫詩壇，《鏡中鏡》（幼獅出版，一九七七年）、《現代名詩品賞集》（聯亞出版，一九七九年）、《現代詩導讀》（故鄉出版，一九七九年），都是一代青年的重要讀本。比起來，他的詩反而遭到冷落了。蕭蕭從初識現代詩（一九六三年）到正式發表第一首詩〈舉目〉（一九七一年），其間長達八年，這八年是他「厲兵秣馬」之期；由於瘋狂讀詩背詩，並潛沉地以寫論文從事文學特質的省察，他較同時出發的詩人，更具文學錘鍊的自覺。在章句上，他以奇、拗破除古典爛熟的匠氣，以語法之「殘缺」，語字之孤立，具現詞語內在的「本真」，都很成功。一九八二年我第一次閱讀《悲涼》，即深為他詩中諸多音聲截斷而意韻綿綿的單字所吸引。例如：「裂」、「陰」、「影」（〈舉目〉），「暗」、「沒（ㄇㄛˋ）」、「入」（〈冷〉），「立」、「高」、「昇」（〈血的立姿〉），「凝」、「沉」（〈石頭也有話要說〉），「咳」、「爆」、「裂」（〈巨石與青苔〉）；這些字在不同的詩行中因獨占一音節，或因詞性之轉換、強化，而有一種「冷澈的熱覺」，爆發文字潛存的最大力量。單字成行由右向左橫列，也是蕭蕭詩的一格，在地原無涯穹蒼無際的暗示中，含融自然生意的無限與詩人凝注或冥想的深情。此在視覺與聽覺皆具效應，傳示出：緩慢、深沉、杳渺……之特性，有共鳴作用。

不濫用意象，不糟蹋意象，枝梗分明，掃盡塵氛。這足以說明：一首詩的好壞，不在意象多寡，而在取用準確否，描摹鮮明否？蕭蕭寫詩幾乎都只經營一個意象，著力於一點，反覆鑽錘，出入於似有若無的空明之境。雲、天、風、露、煙、雪、泥，甚至一隻鳥一朵花一片落葉，在他詩情投射下，也有了一片宛轉而令人神動心搖的真趣。

今日重讀《悲涼》，依然賞嘆蕭蕭詩中「去了，會不會再來？」（〈流淚的滋味〉）這般留不盡之意的巧心；為「天與地也有溫柔／溫柔的蝕刻」（〈小讀父親臉上的皺紋〉）而感動。

我想：溫柔，蘊藉，正是握緊筆的蕭蕭。他的詩，情性外冷內熱，聲調外靜內噪，色彩外素內麗，景象外簡內繁，字句外奇內偶；迷濛中不失清明，圓潤裡兼含超詣。

除了像青柯一樣，沐浴煙霞之美，蕭蕭也有熱情洋溢之作，如〈血的立姿〉、〈小鋼陘〉、〈浩瀚〉、〈讀　國父遺囑〉等；然則，蕭蕭的詩就不僅是天地人的悲涼，也充滿人世間的熱愛！

——原載一九八四年十二月號《文訊》

美麗的結構，一張網
——讀《驚心散文詩》

蘇紹連只以詩與文壇溝通，除此之外幾無不相干的交際活動，故在易於自我陶醉的詩界獨能冷看風潮而不為風潮所惑，執著系列創作未因俗情打岔。《驚心》持續寫成六十首，頗得力於此種定力、毅力。

之前，他還寫過一集《河悲》（臺中縣立文化中心出版，一九九〇年），新四言體，也有六十首之多，語法、句式和精神統觀之，可見他與中國詩學傳統維持了若即若離的狀態（此處無法細論）。〈漁戶〉一首：「佈告欄裡／男兒溺死／百姓眼睛／流成船隻」帶著樸拙簡要之趣，但受限於四字一句的定型，部分作品不免造作，不過，如視之為蘇紹連為《驚心》布局而作的形式迂迴、想像試煉，其意義又十分重要。再說，《河悲》之前，蘇紹連在一九六〇年代末已寫出「我原想長成月亮或者太陽，但我種下的卻是一粒不會發芽的星……」（〈茫顧〉）這樣的散文詩了。跡象顯示，一九七○年代中期前的蘇紹連正凝神努力逼出他創作生涯的第一座高峰：《驚心》詩集。

《驚心》系列詩的成就可分兩方面探討：一是創作方法，蘇紹連以不斷生長的聯想，完成詩的形構，他主控意象的綴生，沒有俗套陳跡，時地是新的，景物也是新的；「新」故能予讀者始料未及，「新」故能使讀者驚心。

詩家論詩，每稱道意象，得一精準者，詩的精神大體即不差。在本集中，蘇紹連把蜻蜓與吊扇、蜘蛛網與時鐘、盆栽與弱小受困者……互作聯想，將二者的形神揉捏成一氣，使思想空間擴大不少。作者不必說明題旨，只需認知客觀環境，發情景之蘊，生之事義即昭然若現。

蘇詩技法尤令人稱絕者，在以一種類似邏輯推理的方式推進情節，結構清晰而收多重層次之功。例如〈膿疱〉：

> 我做錯了事，父親便把我推入鞭子裡。傷痕在我身上爬著。母親在我的傷口裝上一條拉鍊，並說：「悲哀的時候拉攏它，高興的時候拉開它。」有一天，我

又做錯了一件事，在父親未發覺之前，我就拉開拉鍊，鑽入傷口裡，並把拉鍊
拉攏，讓我關閉自己，孕育成一個膿疱。一個凸起來的膿疱。
擠破：流出黃色的伸展和白色的飛翔……

鞭痕可以裝上拉鍊（母親的撫慰）是一奇；人拉開拉鍊鑽入傷口裡是二奇；拉攏拉鍊鼓凸出一個膿疱，想法更奇。膿疱之生由細菌引起，膿疱形成的過程中，自身的抗體與外來的異物（過錯）相激戰，等膿流出，即戰勝了過錯。這首詩寫如何自省、面對傷痛，揭示了人生的普遍經驗。

同樣屬於情景遞進的詩篇，如〈青梅竹馬〉：在喧囂的演唱會場，詩中的我「穿過一層一層的聲音」，遇見幼年時的同伴，「穿過他的眼睛」，看到自己的蒼老；相逢如夢寐，對方幾乎都要不認得他了，因此「又穿過他的頭腦」，想到彼此幼年時故鄉的山山水水；思維起伏，衷情動盪，遙繫生命的原點，托出人與人不得不漸行漸遠的憂苦，悲情幅度極大。又如風評不錯的〈蜘蛛〉：第一層境以蜘蛛奮力吐絲張網喻說人生的目標，形象上以蛛網為主；第二層境以鐘擺擺動喻說人生方向的把握，形象上以鐘為主；第三層境

以蜘蛛的守候喻說一生的拚搏，時間無限久，直到敵死，而自己的千絲萬縷亦已吐盡，鐘面與蛛網、蛛絲與指針遂合而為一。

《驚心》之作另一成就，在於內容的豐富，六十首詩是六十座劇場，取材人生經驗，構成一張嚴密的網。意涵可明指者如：以超現實想像探討升學、教育問題的〈螢火蟲〉、〈獸〉、〈孵〉；藉縫衣講母愛的〈七尺布〉；以獨特的心靈視覺抗議空氣汙染的〈芽〉；表達時間流逝使人驚心的〈生日〉；還有寫人對情愛如何強力感應的〈讀信〉。蘇紹連深知文學與社會的關聯，文學應採何種姿態介入社會才能永保與讀者交感的時空事件不死。

蕭蕭說：「《驚心散文詩》出版之後，必將成為臺灣近四十年來詩壇上重要的經典作品。」距離該集最初發表時日十餘年後的今天，我們終能一覽全貌，深喜於詩壇代變，後繼者可以無愧於先行者。不過，我還是要指出：這本詩集成於蘇紹連創作的第一個十年，儘管他是多麼地早慧自覺，在幾無文學包袱的敘述方法中，卻也有用字失手、脫出常軌的狀況：

「我高興地用力吻他，雙手變成兩隻汗。」（〈鬍子〉）如何是「兩隻汗」？

「一列北上的火車無節制地放失了所有的車窗……」（〈下下一站〉）何謂「放失」？

詩可以不受呆板的文法分析，但自然的語言不宜無故違逆。

最後要說的是，在文化氣數消蝕、文學傳播日受漠視之際，我讀《驚心散文詩》，更為一個詩人的矜持謹嚴所感動，深信：與其坐待大環境的起死回生，不如期望更多創作者堅持在燈下為文學守節，吐自己的絲，成為這個時代最可貴的精神象徵。

——原載一九九〇年九月號《文訊》

詩是一生的追求
——與青年朋友談初階摸索

靠自己去摸索

我十九歲（一九七二年）參加復興文藝營，對詩組導師洛夫先生留下深刻印象。洛夫評我的詩第二名，對我深具鼓舞。可以說輕易就打開了寫詩的第一扇門。但當時畢竟初寫，剛起步，只懂得把一些意思濃縮成句。有人看了曾直率批評道：像一杯太穠稠的糖水——往後我所知的寫詩的方法，其實是靠不斷摸索、閱讀、反省而得來的。

有一個階段，我寫短詩，練句、練意象，情緒低潮時也有寫不下去的時候，但最後還是堅持這種「創意興趣」沒有放棄。十年後進入報社工作，唯恐編務繁忙成為不寫的藉口，我要求自己至少每個月要有一首詩，雖然不一定刻期做到。但，希望每五年能出版一本詩集。

寫詩需要天賦加上長時間的錘鍊。不斷追求的毅力，有時比詩的技巧更重要。

一般說來，詩要用「實」字較有飽滿之感，不要用不必要的虛字——鄭愁予有一首詩〈讀信〉：「開那封處子的函哪！／塵埃是水漬了的哩。／十七年身世已林林總總了，／怎麼兩言三語就落了款呢？」用了許多語助詞，那是音韻上、情感上的必要，是「破格」之例。形容詞也要省著用，因為想活形活現、立即顯像，要靠動詞、名詞。動詞、名詞是骨，形容詞是肉。詩不可予人骨少肉多的感覺。楊澤有一首演繹杜甫〈旅夜書懷〉的詩：「雨夜，經由雨聲／我獨自穿越星垂的平野，順著／古代的大江而下……」其中的形容詞在我眼中其實是「限制」詞，帶有圖象意義，聚焦用的，因此不令讀者覺得累贅。

古人說詩無定法，大家剛學寫詩時，一定要靠自己去摸索，不能只相信理論，如同游泳時若只在岸上學會擺手、踢腳，到了池子裡還是不會游泳。

技巧沒有定論

至於長句與短句的表現，各有其吸引人的地方。楊牧，擅寫長句也擅長轉行。非馬、李敏勇的詩句則簡短有力。一九七〇年代詩壇更一度流行寫一字一行的詩。詩之好壞不在句子的長短，「古道，西風，瘦馬」，「斷腸人，在天涯」。每一句都短，卻能表現出無限幽遠的蒼茫之感，每一句都敲到我們的心坎上。

晦澀的問題呢？如果是太白話類似連續劇的用詞，雖然流暢，但沒有給讀者想像的空間，曉易而無效益。前輩詩人覃子豪說，難懂的詩具有深度，但難懂的詩不一定是好詩，如果內容破碎殘缺，那就是畸型的詩。碰到畸型的詩，不值得花工夫去懂它。再說藝術與生活，藝術源於生活，並不等於生活；寫作要表現生活，但不能未加提煉地只將生活表相重現。寫作的技巧是永遠沒有定論的。從一九七二年至今，我寫了十五年（按：這是一九八七年的演講），我確信經常地反省，廣泛涉獵名家作品，作日趨精密的思考，才能結晶出與自己血脈相連的作品來。

談到詩人之所以長期努力，追求美，究竟為何？可以這麼回答：對美的追求乃詩人與一般大眾之共同願望，讀者之所以深愛詩，首先因為詩人能引發他們思想的新觀點。其次，含有韻律、樂聲及幻想之言語乃開放快樂之最佳鎖鑰，啟發知性與感性，詩歌是最好的表現工具。

詩與散文，我都寫。我認為詩的完成機率比散文難。詩的主題句子出不來，你焦慮一個禮拜也寫不出來。散文即使文章結構略鬆，問題或許還不嚴重；詩就比較不能容忍氣息、氣味的缺點了——平庸囉嗦的壞詩，其難看尤甚於壞散文好幾倍（很多人希望能挑戰「長詩」，而卻不敢下手，其原因在此）。

非關市場行情

詩是情感的最好表現工具，但卻無市場行情，最多賣三千本（約一版半）就滯銷了，這不只是臺灣而是世界性的現象，西方大師的詩集，也不免有賣幾百本就罷了的情形。

平常我很喜歡看報上的詩。一首小詩，猶如為整個版開了扇窗子透氣。可惜有不少人不讀詩，所以許多刊物、報紙並不歡迎詩作。投稿錄用機會減少，對年輕朋友的創意興趣不無打擊，不過，寫詩是一種志業的堅持，若跌倒了自己不爬起來，別人的鼓勵也就發生不了什麼作用。

我常說，詩是一生永久的追求，這句話可作以下分解：

一、要破除膚淺的認知，如：詩是年輕人的玩意兒。這麼說的，不是未曾寫過詩，就是已經江郎才盡，詩路行不通，不得不轉向別的領域另謀發展，反過來鄙視。一般人知道，小說、戲劇是繁複、艱難的文類，不明白形式短小的詩也是。繁複艱難要看表現方法，而不是外形篇構。寫詩與年紀無關，古今中外都可舉出許多例子來。

二、了解詩到底能給我們什麼？詩人窮一生心力去追求——那是永遠的心理渴望。在不滿的現實世界中，詩能提供心靈寄託。孔子說，詩可以興、觀、群、怨，古今詩理是相通的。

三、了解詩包含哪些質素？有人以為詩是一種情緒素描。如果只停留在這一個階段，詩是不會感動人的。就像浮泛的紀遊、贈答文字不感人一樣，詩人在十五歲與五十歲寫的詩的境界也不會一樣。真正的詩人，年輕時固能寫好詩，年紀大更能夠有醇香的作品。詩人瘂弦曾說——童子軍有句格言「一日童子軍，一世童子軍」，他要說「一日詩人，一世詩人」。詩人的創造力必顯現在對一個主題、一組意象、一種方法不斷地探求，一生淬鍊，才能向更高突破。

四、讓我們看看詩人必須具備什麼條件？首先必須作品好，其次影響力要深遠。《陽光小集》在一九八二年曾經票選十位優秀的大詩人，結果除了要作品量多、影響大，更要詩質好。如何使詩質改善？寫詩的人對世事要有充分的熱情與敏感，對各種發生與變化充滿興趣。如果一個人安於公式化的上、下班或上、下學，沒有其他的心情去注意何處有演講或戲劇演出，何處有山水林木，日出日落，沒有對藝術熱情的追求，他不可能成為詩人。一個詩的創造者，不見得是位好的學者專家，但絕對有充沛的精力，支持他去各種領域嘗試，不怕失敗地探索。所以，詩人從某個觀點看，是與科學家相近的。

詩人具有抒情的氣質，內心有充沛的蘊藏，不由自主的感性。詩人常常主觀，以美的角度看事物。朱光潛曾說過三種人看「古松」的態度——木匠看松木的質料，值多少錢，做何種木器。植物學家說：松，葉針狀，果球狀，常綠喬木。畫家（包括一切創造者）注視它：這是一棵蒼勁翠拔的古樹！藝術正是如此不由自主的感性，並非世俗的觀察可及。

接著談詩人的情操（中國人講究風格即人格）。作家可在一篇文章中掩飾心性，但無法在十篇中掩飾。詩人的世界觀、人生觀，使其作品有厚重的質感。只有對人類有啟示、感召作用的作品才能傳之久遠。所以，詩人又像是哲學家，只是不用論文方式寫他的思想，他用的是形象思維來反省所處之環境。

不屬於年輕人專利

楊牧在我的詩集《青衫》序文中，曾提醒大家——無論是文學藝術的追求，或人生的體驗，所謂薪火相傳，惟刻意有毅力的、有計畫的執行，始值得吾人稱讚。偶發性的、隨意的靈感玩弄，雖然青光閃爍，正如曠野裡的燐火般，搖擺明滅，到底能有多少價值實不可說。詩、散文、小說，都必須持之以恆地去努力。像在電影金馬獎頒獎典禮上，周潤發說：「我願終生做演員。」大多數人都是演而優則導，而他認為演戲才是對自己最大的挑戰，演員是他最後的崗位。如果寫詩有了一點小成就，被封為「詩人」，戴上桂冠頭銜後，就該選擇詩作為一生的志業，終生好好地珍惜、維護它。

前面曾提到寫詩不屬於年輕人的專利。以杜甫為例，他深入民間，表達人民生活苦難，發揚了《詩經》以降的現實主義優良傳統。他作品裡豐富的社會內容、人民生活願望的反映，絕對是一個飽經人世憂患的人才能表達出來的。杜甫曾說：「老去漸於詩律細。」愈老，他對於詩律的掌握愈精緻。他的好詩都在四十歲以後出現，如：〈兵車行〉、〈春望〉、〈三吏〉、〈三別〉、〈秋興〉。〈北征〉這首五百多字的長詩，寫戰爭劫後餘生的淒涼狀況，也是五十多歲時才寫的。另一首〈登高〉詩，描寫艱難苦恨繁霜鬢，更是年輕人所不能體會的。現代詩人鄭愁予，二十一歲時寫〈錯誤〉：

我打江南走過／那等在季節裡的容顏如蓮花的開落／東風不來，三月的柳絮不飛／你底心如小小的寂寞的城／恰如青石的街道向晚／跫音不響，三月的春帷不揭／你底心是小小的窗扉緊掩／我達達的馬蹄是美麗的錯誤／我不是歸人，是個過客……

至今猶讓人傳誦，將來也會一直流傳。我初讀鄭愁予是在年少時，頗為他的情詩感動，「歸人」、「過客」的說法在當時也很流行。但，我以為他在二十多年後的詩作功力更醇厚，試看〈山鬼〉：

山中有一女　日間在一商業會議擔任祕書／晚間便是鬼　著一襲白紗衣遊行在小徑上／想遇見一知心的少年　好透露致富的祕密給他／也好獻了身子因為是鬼／便不落什麼痕跡／山中有一男　日間在一學校做美術教員／晚間便是鬼　著一身法蘭絨固坐在小溪岸／因為是鬼　他不想做什麼／也不要碰到誰／兩個異樣心思的山鬼我每晚都看見／所以我高遠的窗口有燈火而不便燃／我知道他們不會成親這是自然的規矩／可是，要是他們相戀了……／一夕的恩愛不就正是那遊行的霧與不動的岩石

鄭愁予在面山的窗口看到霧與岩石，就天馬行空幻想起來。想法非常奇妙，點化大自然將無生命變成有生命。鄭愁予五十一歲寫的〈在溫暖的土壤上跪出兩個窩〉，有大文化的鄉愁，猶如高粱酒般濃烈，而他早年的〈錯誤〉我卻只覺如香檳酒；〈山鬼〉或可以視為白蘭地。余光中這位大詩人，他發展的軌跡，也可以給我們一些啟示。他的少作〈昨夜你對我一笑〉，太溜口、如行雲般的抒情，給人的印象，像一支吉他。後來，他在五十七歲時寫的〈心血來潮〉，寄望母愛的大陸，有身世之感，則如鑼鈸交響。通常一個詩人

在年少時大多寫關於家庭、個人成長、校園愛戀的詩；到了老年才能擁抱前半生，擁抱曾經走過的大地，擁抱他的社會關懷、生命的矛盾。優秀的詩人應該是愈老愈會寫詩。

春蠶到死絲方盡

國外作家如：英國作家喬叟(Geoffrey Chaucer)，西元一四〇〇年去世，在西元一三九九年還寫了最後一篇詩。而他名聞遐邇的作品《坎特伯里故事集》尚未完成，真可謂春蠶到死絲方盡。莎士比亞(William Shakespeare)的創作，可分為四個階段。有人認為第三階段的作品，是他寫得最好的時期，大約是在四十多歲時，如《哈姆雷特》等作品，其中有人類特殊偉大的動機。其實，他在第一階段時就已成名了，如果就此不寫，那也只是文學史上一個普通的作者罷了，就沒有今天世界大文豪莎士比亞的存在了。再說，彌爾頓(John Milton)二十歲時，就積極訓練自己的心志，充實自己，為作一個好的詩人而準備。他認為寫詩是種優美而高尚的藝術；他專心想做一個詩人的精神是前無古人的，他一直給自己壓力，施以重量的訓練，積極地追求而非消極地等待。繼《失樂園》之後，又寫了《得樂園》。一個是亞當的誘惑，一個是基督的誘惑，寫後作正是懷著超越前作之心。我們讀這些已過世詩人的作品，透過無生命的文字傳遞生命，依稀可以揣摹出他們活著的創作精神。

古代的李後主、李清照，經國破家亡的慘痛經歷後，作品讀來感慨遂深。「林花謝了春紅，太匆匆，無奈朝來寒雨晚來風；胭脂淚，留人醉，幾時重？自是人生長恨水長東。」以及「梧桐更兼細雨，到黃昏點點滴滴。這次第，怎一個愁字了得？」皆能入於深沉，而大凡感慨深的作品便是好的作品。

話說回來，在文學史上，也有人年紀輕輕地就寫出很好的詩作，如：紀德（André Gide）二十八歲時寫的散文詩，就贏得極高的讚譽。瘂弦在二十五、六歲時，寫的幾首詩：〈乞丐〉、〈紅玉米〉（好像整個北方的憂鬱都掛在那裡），也已令許多人大嘆不如了。

四十歲是寫與不寫的門檻

前面提到「興、觀、群、怨」。興，是激發人的心智。在現代詩方面就是培養追求探索的心，不沾沾自喜，保持不斷點火的創作爆發力。觀，是觀察時政得失。詩人與現代社會脈動息息相關，唯洞察機先，才能跟時代脈動相結合。群，是體貼社會大眾的心，做社會的代言人，做有擔當的知識分子。怨，是回歸自己的心靈天地，排遣，發抒；現實生活中有十之八、九的事不教人快樂，詩人要別有寄託，為換取一個更廣闊的天地鼓舞自己做個不懈怠的人。

最後再以詩的質素，看看哪些是年輕時即能掌握，哪些是需要生命累積、甕藏才香醇的？

一、詩人的思想觀念會隨著年齡的增加而更有內涵。

二、素材經驗也隨閱歷而可不斷開發。

三、在情感方面，詩人年輕時較純真易於感動，年長必變得深沉，但不失其赤子之心也是必要的。（詩人不可以只寫少年，只寫自己……，可寫的題材很多。一九八六年我嘗試寫第二首敘事長詩，題名《出川前紀》，由父親離開四川時寫起，綿延幾十年的離亂中國。之後我將續寫《川行即事》。）

四、在技巧表現上，年輕時較勇猛，老年時轉而於平穩中掌握神味，其中道理就像庖丁解牛。

五、在創作動機方面，年少時好強，為得獎成名而寫，但寫一段、停一段，耐力較差；老了定力較強，宜於長距離賽跑。

如果一個詩人到四十歲還在寫詩，他便可能寫一輩子了。年少時積極打好底子，老來便能收穫甜蜜的成果。得獎只是一時的激勵，真正的創作是一生追求的志業。

身體蒼老，繆思卻年輕

葉慈(W. B. Yeats)是二十世紀初葉的詩人，一九二三年的諾貝爾獎得主。他得獎的感言：

> 一切都結束了，我終於有暇審視自己的獎章；那獎章饒有法國風味，顯係九十年代作品，設計得很可愛，富裝飾性，具學院氣派。畫面顯示一位繆思的立姿，年輕、美麗，手裡抱著一把七弦琴，旁立一少年正凝神聆聽；我邊看邊想：一度我也曾英俊像那個少年，但那時我生澀的詩脆弱不堪，我的詩神也很蒼老；現在，我蒼老，且患有風濕，形體不值一顧，但我的繆思卻年輕起來。我甚至相信，她永恆地「向青春的歲月泉」前進。（抄余光中譯）

這段話使我們產生與時間拚搏更大的信心。一如葉慈在〈航向拜占庭〉那首詩所表現：現實世界對詩人並不適合，詩人必須追求紀念永生智慧的碑石國度。永生要如何紀念？——追求詩！詩是時間長流的生命現象，作為表達消逝的，或未來我們將經歷的生活預言……讓我們一起航向詩的國度！

——原載一九九一年十月大村出版《溫柔的世界》

嚼文字結巢

——讀《夢遊書》

簡媜發表的散文，我大致追蹤，沒有斷線。對她滿腦子神奇魔粉，巧創意象、巧編故事的能力，印象至深。擁有文字破格的能力（羅智成曾經提過），誠然是簡媜在散文世界中得以縱橫恣肆的原因，熱愛生活、長於大格局思考，無寧是她更堅實的創作基礎。

《夢遊書》收編三十九篇文章，是簡媜一九九〇前後三年散文精品之集結（據她自序云，在整編時捨棄了這階段寫的另六十二篇），作為一個都會邊緣人，既勇於向前邁步又能不斷回身觀照立足之地的精神動線，十分清晰；游走於外在與自我、塵囂與孤獨之間，簡媜的慧黠與精靈氣，也昭然可見。

城鄉接壤的空間探索，在簡媜筆下兼有新舊交替的時間之感，藉著街頭賣樹的老伯、左鄰右舍、山莊警衛、推著粉圓車的女人、疑心病朋友……她反映社會的變遷，也反映了對人生的疼惜和鄙棄。講到賣樹的老人，「好像無意間動了一點真情，說不上來是哪一類的，好像不陪他多說點話，就是狠心的人。」講到送報的女人，「每天把大大小小的故事送進別人家裡，可是沒有人來讀她的故事……我希望她看到這篇文章，某一個早晨，百萬個看報的人一起疼一個不認識的送報女人。」面對「粉圓女人」，也有懷舊式的、反俗的同情了解。「放下消毒水與屠刀吧！」是她對現代都市人的祈求。「咱們中國人的傳統劣質美德全都虎頭蜂似地螯在賴家門楣上」，可以看作對城市中無品之人的鄙棄。

簡媜這樣的性情、態度，當然會逼出對已逝田園的鄉愁：夕陽照在水田的倒影，是「沉淪於泥淖的大都會時代所剩的最後一截華服」。她懷念飄送梔子花香的晚風，在遊魂尚未走遠的古舊年代，「那條缺糧的水域上，溪流、水鳥、野薑與撐篙的布衣平民相襯，對談他們都懂的人情味」。也記憶那潛育她人格、愛心和美的貧窮小村：天空與自然如何密語，山巒與雲霧如何偷情，稻原與土地如何繾綣，海洋與沙岸如何幽會……然而，簡媜終於還是「不由自主」地在臺北定居下來。都會文明的翻騰，使她學會對社會作理性全面的體察，而不是單純的、制約反應式的謳歌或逃避。她找到了「夢境」支撐的生活平衡點：

我只是一個虛構人物，因包袱需要背負、職位應該填空，才被虛構出來把日子往下過。所以看起來像一個有血有肉的真人，聚會於上國衣冠座中，穿梭於城都煙雲裡；人們以貴賓的禮數款待，我漸漸自以為真。卻總在星夜的歸途中，確定無人跟隨了，走回荒原上的鬼甕……。

（《夢遊書》自序）

想像各種人生情節，把深情孤意化成一篇篇迷人的傳奇，是中文系出身的簡媜獨樹一幟的手法。有時以「忽然有一回」或「有一回黃昏」開講；有時逕以一個意象胡思亂想——說野薑花像女奴，那碗口大的雪茶「像烈性女子自裂肌膚，寒流中剝出銀鑄的自己」，而作者卻是著迷於她的落拓書生。〈背起一隻黑貓〉中那隻夢魘化身的黑貓，〈鹿回頭〉中那棵長滿白鴿子羽毛的樹，〈寂寞像一隻蚊子〉中那個交歡後與心中狼嚎奮爭的女人，在在令人冷顫驚豔。至於作者誤入某一幢空屋，被一陣風反鎖在後陽臺的迷離、詭祕遭遇（篇名〈空屋〉），更超越了散文邊界，凸顯出簡媜建構「迷宮」所需蛛網般結構的想像力。

對任何一位作家，隨時隨地寫生及寫意的能力都是不可缺的基本工夫，簡媜自不例外。她寫鬧熱滾滾的夜市，她寫觸處成春的溪流，她寫女人的蛻變、心甘情願的愛和醒夢間的悲喜，文情跌宕，文采沛然，不慌不忙傳達出豐富的人的信息。也是因為這樣「啣文字結巢」的遊刃有餘，才能在爬皇帝殿或與朋友傳真留言中，發掘出生活中意想不到的好意思。

在〈雨夜賦〉這篇文章，簡媜藉機剖白她對散文的看法：「思想貧瘠比技巧軟弱更難堪」，「不以單篇經營為滿足」；文字要精緻、情感要深潛，要能承受思想體系……說明了她對散文沒有輕易而為的陋習。我嘗想，在文學原創力不受重視的年代，《夢遊書》的出版正如同其他一、二本同期好書（如楊牧的《山風海雨》、黃碧端的《在現實中驚夢》），都只是個別的表現，既不可能挽救頹風，也不見得能引領方向，然而，以「抒情的社會學」觀之，為我們生活的年代作深度刻繪，意義總歸是長遠的。

——原載一九九一年十月號《文訊》

高陽二三事

——一個有關時代的話題

一九九二年六月九日，應鳳凰女士在《中時晚報・時代副刊》介紹高陽先生第一本書《猛虎與薔薇》，起筆曰：「高陽去世，悼念的文章中，有位編者竟冠之以『中國最後一位舊式文人』的頭銜。不知用什麼標準來設定所謂『舊式文人』……」又說：「高陽在寫歷史小說之前，真的並不那麼『舊式』。」

我是她說的那位編者，現試著回答這一質疑。

高陽寫過好幾部非歷史小說，這不是祕密。堯舜出版社還刊行過。純以量而言，約占高陽作品三十分之一，算不得高陽「現代」的論證，何況高陽生活方式之舊不舊式，不是推論的先要條件。就像學西方文學的人也有很中國味的，而中文學界也有十分西化傾向的。大體上著述歸著述，生活歸生活，是可以分開來談的。再舉個例子——林紓翻譯過一百八十多種外國小說，為大量介紹西方文學的第一人，按說他比高陽還「前衛」吧，但誰敢說林老先生不是舊式文人？

談作品則要整體查察，不能以最初之所為遽加論斷。很多小說家的文學初戀是詩，但我們重視的是他的小說；也有詩人是從小說界轉行，轉成以後，眾譽之為詩家。高陽其為歷史小說家，殆已無疑，他在寫歷史小說之前做什麼以及讀者有沒有淡忘他早期的「現代」作品，與此公認毫無關係。一九九二年六月六日高陽病逝於臺北，第二天《聯合報副刊》製作紀念專輯，我以編者身分，指明高陽是「中國最後一位舊式文人」，著眼於他生錯時代的悲劇性。當時我想強調的是下面這段：

> 高陽學富才高，若在古代當不出翰林大學士之位；他著書百種，風靡萬千讀者，而清貧如故，說他生錯時代，自不為過。然以高陽閒雲之身、野放之氣，其無官職可謀，無財富可積，實亦命定之數。

了解高陽的人都知道，他在外表行為上固能迎新而不拒斥變化，骨子裡，傳統守舊的一面居多。他的小說世界秩序井然，現實生活（理財及治家）卻每每一團糟，其原因正在於他「舊式文人」的思維習染。有人曾半開玩笑地說，高陽應該有書僮、僕役、帳房，最好加一座滿樓紅袖招的酒肆——如果他生在古代。

——原載一九九二年六月十二日《中時晚報・時代副刊》

■補　記

一、一九八四年高陽先生曾親題〈滿江紅〉一詞相贈，描寫鄭成功入江寧旋敗退事，不勝興亡之悲恨，下片：「烏鵲夜，悲歡織。赤壁事，古今跡。便投鞭壅流，舉旗蔽日。一戰鵝軍傳火散，孤征羆旅焚舟泣。誤廬山老眼犬為虎，朱成碧。」我嘗想，他這位舊學才子在現世打的，也是一場注定勝不了的江上之役。

二、一九九二年高陽辭世前，我往榮總探其病，他口不能言，以便條紙寫道：「病中雜感甚多，即抓片段寫出，名為『轉囈錄』。」畢竟是文人，病中想的仍是寫作，但沒來得及寫，他就走了，他的時代也結束了。

——二〇〇六年十二月十七日

追尋失去的地平線

——蠻荒探險作家徐仁修

他，一個人孤獨地涉過大河、沼澤，穿越荒漠、雨林，在無聲清冷的月光下，或紮營於山頭或露宿於湖邊。平均一年有四到六個月的時間在戶外。問他孤獨嗎？他說只有無事可做的時候，例如下雨天困坐在營帳裡；此外，白天有追蹤的目標，晚上有研究的課題，根本沒有時間覺得孤獨。如果有一天死在野外呢？他毫不遲疑回答：死得其所。這些年來他常看佛經、《聖經》，自覺對生命已能看得開，甚至認為死亡是生命透過它來再生。

他，是臺灣最早的自然保育呼籲者——徐仁修，也是文化界人士眼中的蠻荒追蹤者。一九九三年五月，他有八本書同時由大樹文化事業公司出版，其中兩本是為生活在臺灣的人寫的自然文學，另六本則是尼加拉瓜、菲律賓、西爪哇、金三角、北婆羅洲及中國大陸西北的探險文學。大多為新著，也有時隔十年市面上已看不到的舊著新印。徐仁修賦予它們更完整的面貌，將他走過的歲月呈現給年輕太過安逸的一代。藉這幾本用生命換得的書他要再次提醒青少年：為遠方應早點把自己準備好；為未來更寬廣的世界，年輕人哪裡還有時間沉迷於玩電動玩具與麻將？

早在幼年，家住新竹頭前溪北邊時，徐仁修即好奇隆隆火車之聲，曾特意要求大人帶他渡河到鐵軌旁看那「一百輛牛車」連成一氣的壯景。家的後面是山，山的後面是什麼？幼小的他所懷藏的夢，正等著他用後半生去實現。於是，在他的成長歲月，他學習英語、西班牙語、菲律賓話、馬來話，練出一副強健的體格，儲備遠行夠用的錢，他帶著叢林裡珍視的小刀、硬幣，打了霍亂、黃熱病的預防針，吃了一個禮拜的奎寧……他出發，去蠻荒原始中尋找接近人類本性的生活方式，接受不同地域大自然的啟示。他的終極目標是：回頭更加珍惜臺灣，了解怎樣對待自己。當他在臺灣的高山跋涉，相機鏡頭永遠開著。大自然的故事沒有人說得完它，在失去的地平線上，徐仁修是——一位勇敢的追尋者！

——原載一九九三年六月三日《聯合報・讀書人》

紅塵無礙，自在自得

——林良寫詩印象

林良（筆名子敏）寫詩？是的，林良寫了將近四十首詩，由他的文友賴慶雄整編，在他七十大壽（一九九三年）前夕出版。

像林良這樣一位妙不在機觸而在性情的文人，從什麼時候開始寫詩，在什麼狀況下寫成？對微帶好奇之心的後輩如我，其實並不重要。我比較樂於管窺的是他的詩法和詩中的人的形象——林良寫過許多優美沉靜的散文，讀他的散文就像親炙其人一樣，溫煦、醇厚、甜美；林良的詩呢？是不是也同他的散文一樣，尚質、尚真、尚自然？也呈現出他的風神氣度吧！

文學之真不同於現實生活之真。現實生活充斥著瑣碎、枯燥、無聊的事，但到作家筆下，卻是層層剝落、除去渣滓的心靈。我讀林良的詩，特別能夠感受到那種紅塵無礙、自在自得的難言之趣。他的詩近乎「成詩為寫心」的邵康節，也同讀其詩可知其道的白居易相通。

林良心目中最美的人的形象是「頭上有些白髮像荒野裡有些積雪，額上有深深的思想鑿成的峽谷」，其典型為杜甫。

相對於古代投影，新詩中的林良圖像如：

——日光燈下的耕者。

——深夜不寐聞聽隔鄰切裂裂、切裂裂洗牌聲的人。

——清晨起床在院中仰看金星的人。

——站在家門外聽排水溝淙淙水聲，悠悠動了田園遐思的人。

——與鄰家小孩玩躲貓貓遊戲的人。

——在醫院目睹焦心、存疑、等待的病患，流露出愛心的人。

——和野貓對瞪、打無聲戰爭的人。

每一首詩中都有一個「真我」，都反映他的生活面相、個性和為人。一杯茶從主人手裡遞到客人手裡，他說是人間最美的「沒有聲音的會話」；沙發的模樣是一種「讓我抱抱你」的姿勢；暗夜街燈在行路人眼中是一個「醒著的人」；初夏是像「野宴」那樣歡樂的季節；牽牛花是一群綠色號兵中突然轉身舉起「紫色的大喇叭」的一員……林良寫詩的態度是自在的，語調是寧靜的，心境是赤子的。

以單篇而言，我印象最深的兩首，一是〈那個孩子〉，欲刻繪父親卻移焦至孩子身上的描寫角度；一是〈候診室〉，將治病比擬作跋涉疑惑谷與荒漠的路程，將遠行的月臺與醫院的手術檯「換位」。這兩首詩表現得精神堅忍而美善，我相信，它應當是使林良取得詩人身分證的代表作。

——原載一九九三年九月二十六日《中時晚報・時代副刊》

創世紀印象

一個提出過路線主張[1]、出版過中英文詩選[2]、譯介過外國名家[3]、參與過詩學論戰[4]、且重視自我歷史發展[5]的詩社，不可能不贏得文學史的推重。然而，一個詩社如果沒有值得認真看待的重量級詩人，光憑活動，卻也不可能有什麼可供傳述。

我初次見到創世紀詩人，是在七十年代初《創世紀》中途休刊醞釀復刊之際，之前已讀過《深淵》、《無岸之河》、《夢或者黎明》等詩集，也在臺中舊書攤買過多冊過期的《創世紀》詩刊。看他們喧鬧中高懸的內心舞臺、夢想呈現的潛意識世界、大膽的情愛、怪誕的景象、催眠的旋律、矛盾的句構，刺激著十九歲的我去辨識新文學的語言、現代人的焦灼投影；創世紀詩人對戰爭、死亡的描寫更契合了我父母自大陸流徙而來的經驗，我很早就領會到的無常滄桑。

二十幾年後的今天，我在寫作版圖，仍然看見瘂弦、商禽、洛夫矗立龐大的身姿——前二人量不多卻質精，後一位質量俱可觀，他們是不寫哲學論文的哲學家、新詩處女地的開發者。此外，創世紀詩社前行代詩人中還有音象純淨如唐舞般雍容的葉維廉、思考冷峻的辛鬱、筆調疏狂的管管、情思如火山噴湧的張默和創作形式前衛的碧果……其實，我更佩服他們把詩當作生活這一點。

就以接編年度詩選來說，他們當它是「做家事」一樣地承擔下來——在一個家中總要有人肯做家事吧！中生代詩人接手前，八位前行代編輯委員，創世紀同仁居一半。

我有時想，中生代詩人儘管也戮力於新詩推廣、教學、引導著新生代，但一碰上關乎詩的愚誠痴傻的行動似乎總缺乏幹勁；在「影響的焦慮」中，他們往往致力於自我創造，而無意花心血在詩的公共事務上（在詩經驗的分享與傳遞方面❻，很少走到第一線上。）《八十二年詩選》入選之中生代詩人（四十歲前後），在臺灣的有十二位❼，不少於六十上下的十位，但或忙於報社或領袖於校園，多的是小布爾喬亞心態，競逐途中但求自給自足，成果是有，可是很難帶動一股聲色不滅的社會性風潮。這些年詩壇沒什麼新鮮好玩的事，或可從這個角度去觀察。而從這個角度看創世紀詩社歷四十年不散、不衰，不但在臺灣招收了新同仁，更結義到大陸、美、菲、荷、新、韓等國❽，他們用「昂首向四十周年邁進中」的字眼鼓舞自己，用「普天同慶」的心理籌劃四十周年慶活動，不能不教人打心底感嘆：他們是把詩當作生命的一群，不管在外人眼中卑微或尊榮，他們具足詩的風格！

——原載一九九四年九月《創世紀》一〇〇期

注：

❶《創世紀》發刊初期，主張新詩的民族路線、新民族詩型，嗣後則強調世界性、超現實性、純粹性。

❷由創世紀同仁主編的有《中國新詩選輯》、《六十年代詩選》、《中國現代詩選》、《七十年代詩選》、《中國現代詩論選》、《八十年代詩選》、《中國現代文學年選（詩卷）》、《中國當代十大詩人選集》等。而歷次譯成英、法、韓、日文的詩選集，創世紀詩社同仁也都未缺席。

❸早在一九五〇年代後期，《創世紀》就以專輯或紀念號的方式譯介過里爾克、梵樂希、波特萊爾等。

❹ 論戰對手分別為言曦、關傑明、唐文標、顏元叔……。

❺ 爾雅出版的《創世紀詩選》，及張默整理的〈創世紀大事記〉都是可供驗證的史料。

❻ 張默的奉獻成績固不待言，另如洛夫主持的「詩的星期五」活動。

❼ 蘇紹連、簡政珍、白靈、杜十三、黃克全、陳義芝、陳黎、楊澤、陳家帶、羅智成、沈志方、游喚。

❽ 參見《創世紀》詩刊首頁同仁名錄。

小說 1993

——臺灣短篇小說年度觀察報告

小說，以你為名

經粗略統計，一九九三年臺灣發行的十餘份報紙副刊及約十種經常刊登小說的雜誌，一年共刊出短篇小說近六百篇。這還不包括地區刊物如各縣市青年及大中、學校園刊物（如一併算進去，說有一千多篇發表似不誇張）。然而，為什麼仍不斷聽到「小說發表頻率明顯降低」的說法？我想，原因不外下述兩點：

一、大量資訊報導以及資訊報導所附加的多元性價值思考，拆解了過去小說獨自投射在人生世路上的光環。以前讀一篇是一篇，讀小說的印象成正數累進，現在讀一篇消失一篇，迅即為其他的注意力所埋葬；瞄過十幾篇，未必真正讀進去三兩篇，即使算讀過，記得的也不過一兩篇，而不必多久印象又空空地只有一些個模糊的影子了。

二、一統天下的閱讀時代早已結束（報紙加張的催化力最大），過去張家李家王家看的是同樣的東西，現在你讀你的，我讀我的，十幾個人讀十幾種報刊上不同的版面內容，除非專業閱讀者，否則，各就其所偏，只看到自己習於看到的那一小塊田畝、那一小片天空。資源分散，不容易養成什麼奇珍異木，也是再自然不過的事。

小說發表真少了嗎？不要以為白先勇、王文興、林懷民、黃凡不寫小說，就是小說的沒落；也不要以為焦點不集中在特定幾位寫手身上，就顯現了小說斷層的危機。一九九〇年代，老竹姿態令人欽仰的兀自不少，新筍受人歡喜凝注的也時常有。當然，不成熟的作品居絕大多數，也無需為它辯解。

就我一年來密集閱讀小說的粗淺思省：好的小說總該讓讀者有讀它的樂趣吧！如果題材（或理念）不錯，但乏建構情節、塑造人物影像的能力，只是冗長的敘說，誰會感興味呢？如果不好讀，還有小說的魅力嗎？

我永遠記得，早年讀朱西甯〈鐵漿〉，看熔鐵劈頭蓋臉澆灌下去那一幕，悚慄於肉體的焦爛心的殘忍。林懷民〈蟬〉所渲染的夏天，陶之青與莊世桓有多少的追尋與惘然。

當洪水圍困，年少的我們也隨七等生坐在屋脊上，擁抱著黑眼珠。二十幾年前初叩文學之門，小說是多麼令人愉悅的音樂啊！不論你消沉頹喪、悲傷失志……任何時間沉浸其中，它都給你啟發，讓人安靜下來低回沉思。那個年代的小說不是社會的「斷爛朝報」，也不是耍人的理論教條，其中的人事物是會與人一同呼吸一同存活的，因此白先勇筆下撐著油紙傘走在巷口的余嶔磊教授、洪醒夫筆下坐在灶炕前備受貧窮煎熬的金樹、王文興筆下那位於學術社交圈兩面做人的黑衣人，在時光中永不褪色！還有於梨華〈雪地上的星星〉、黃春明〈兩個油漆匠〉、彭歌〈黑色的淚〉、水晶〈沒有臉的人〉以及陳映真的〈將軍族〉和〈第一件差事〉……我也記得二十幾年前如何驚識司馬中原的〈黎明列車〉：

而黎明正在展開。迎光的樹木籠滿清晨的氤氳。背光的樺林木如一把把黑色的火炬。一群熱帶燕逐舞於初露的曙色之中。一隻展翼的蒼鷹在電線那邊翱翔。列車牽動頹圮的古城的城齒。霧升起。

語言之清新，意象之迷人，實不下於詩。

「熱鬧」與「門道」原應是敘事風格中的一體兩面，但越來、越來越讀不到「盡可能表現生活的豐富與盡可能豐富地表現生活的願望」的小說了。是小說家敘事能力的喪失？還是小說家的怠惰？就我這些年觀察，隱隱覺得是另有一股「走火入魔」的力量在「宰制」著年輕一代作者（如「宰制」這類名詞的流行，也受到這股力量的驅動）。說得白一點：近十年，西方文化理論掌控了臺灣文壇，不論對不對、新不新、適不適合我們的一些艱澀的東西，透過一手或二手傳播，已鋪天蓋地形成一張文化論述網，這張網籠罩在上空，導致整體創作的束施心態與模糊面孔。

如果說創作是爭取展示權，那麼文化論述（約等於從前臺灣的文學評論）則領有詮釋權。當今臺灣，詮釋權有壓過展示權的架勢，因此不少寫作者想方設法欲兼有此二權，終於自覺或不自覺地拜倒、依附在文化論述大潮中，忘我溶入，壯大了這股宰制文壇的勢力（同時也宰制了自己的創作）。我之所以要對此現象提出質疑，是它的前導地位，會造成創作者構思時種種不必要的壓力，使我們看到一些小說扭曲得像文字迷宮，像劣等的乏味的社會學、心理學解題。

我這樣說，一點不反對文學的銳變求新，相反地，敬重勇敢的創作者、追求者，敢勇敢地走給更廣大讀者看的人。但這種勇敢必須通過認知、自省，是誠懇的，不是盲目心虛、一知半解、驕炫於少數人的。

文學作品的唯一標尺是：好或不好？只要好，則無新舊高下；只有在下達不好的判決之後，才會同情地考慮：倘若作者有試圖創新實驗的心則未嘗不可取。試看莫泊桑(Guy de Maupassant)的〈項鍊〉、〈二漁夫〉，契訶夫(Anton Chekhov)的〈萬卡〉、〈賭〉，歐・亨利(O. Henry)的〈木樨花〉、〈最後一葉〉，我們何嘗覺得它染有歲月的塵埃？言說的精準、剪接之嚴密、投射之深遠，豈不是短篇小說永遠追求的質素嗎？（當然還有主題、人物塑造、背景色調、結構、風格等諸項之研究）研究理論的人可以成天大呼寫實已過時、沒落，從事創作者不必因此自縛手腳、自限框框，墮入符號的魔障。莫泊桑、契訶夫沒有表現過的題材盡多，在不同的時空領域，臺灣的小說家只要有獨特的視點和思想關懷，何嘗不會誕生令人驚豔的新寫實力作，何必一定要耍兩招花拳才叫厲害？

就我這一年讀小說所見，文壇還有一個淺俗的困境在。不少作品未經藝術苦心淬煉，只是平面的生活雜記，其情節事物聽一百件和聽一件並無兩樣——飣餖之光斷難成就虹彩，它們不會比社會新聞版記者的報導高明——我視之為文筆的墮落。內中還牽涉到筆調庸俗的問題，一個人一旦陷入惡質化的筆調無能自拔，則要他的作品脫穎而出，真真強他所難。這也就是為什麼我們看到很多小說，語言、章法、情節都無大謬，但終究難以吸引人的原因。

新人，長鏡頭的焦點！

文壇活力主要靠新生代的繼起。如果沒有後浪推波，大海不知將減去多少勁道與興頭！

一九九三年我在紙上接觸到的短篇小說新人，印象較深的有：邱偉寧〈圍觀群眾的誕生〉（發表於《中外文學》），寫校園、年輕的生命形態，驅動筆力略無拘束；江邊（本名林靖傑，連獲「時報文學獎」及「聯合文學小說新人獎」）〈傾斜之地〉（發表於《中國時報・人間副刊》），以簡淨的文字節奏敘說一段斑斕迷惘的軍旅經驗；林遲〈小妹〉（發表於《自由時報・自由副刊》），類似大頭春式青少年純真無知的血氣冒險；林錦昌〈小偷〉（發表於《幼獅文藝》），以自然平淡之筆安排了一個偷竊事件，作更深的喻示；朱玖輝〈三十三歲CD的多餘週末和吊娃娃機的光榮〉（《聯合報》短篇小說獎第一名作品），探索生活創意，在刻板的寂寞裡擦亮溫情的火花。

他們都有令人讚好的表現。但比起來，陳品竹發表於《明道文藝》的作品〈黃俊傑〉，那種順手拈來、青菜蛋花湯式的自信；林麗芬發表於《自立晚報・本土副刊》的〈女子學校男老師〉，那種微雕放大的細膩手法，尤其為我所樂於推介：

〈黃俊傑〉是一篇寫狗的小說，主角小黃（野狗）全身毛黃得發亮，又肥又大的屁股後晃著一條漂亮的雞毛撢尾巴，四個男孩從發現牠偷吃自家狗食、追打、翻牠的窩、計議圍剿到收養牠、因牠識時務故取名為「俊傑」，以至於最後看牠為保護同類竟散發出「患難見狗情」的光輝。作者用平順的生活語言，從容地展開情節，將一齣溫馨喜劇寫得聲情並茂、好戲連臺；若非有長時間的體驗、觀照（令人想到在基隆長年觀察、記錄老鷹的沈振中），不可能掌握如此豐富的狗貌、狗性。文中活形活現的描寫不勝枚舉，例如：好幾次黃狗被打跑，一路拖著長長的慘叫以及牠使勁從鐵門底下鑽進鑽出的矬態；至於配角狗明星小黑在家門口替小黃把風的靈性，以及小黃瞇著眼準備全力替小黑挨棍子的神情，更是這篇小說最具精神力量之處。好小說不必言教，不必怕別人看不出它的主題。信然！

〈女子學校男老師〉憶述一位國中物理老師對女生的性騷擾事件。這個事件離「色」字還有一尺，男老師每一次的碰觸猶帶一點純情心靈，蜻蜓點水、適時收手。就十四歲的女生而言，正是愛慕成熟男子的年紀，懷著憂鬱及私密的情愫渴望有溫柔的挑弄，又不免陌生的怯意（她們不成熟的感情不自主地受到太多外在因素影響，例如環境氣氛、心理補償、替代性的虛榮等），必待青春騷動的年紀過去，回頭才能看清、想清從前是怎麼樣的一個自己。這類題材前此並不多見，男老師按住女學生細細薄薄的肩頭，在她轉身之際拋下一句「好瘦啊你！」女學生不知道這究竟算不算被人欺負了……這樣把幽光般的夢境、期待疼惜又多疑的青春細細切片，非文思細密刁鑽者不易為之。這篇作品提出心理學上的消滅敏感治療法——反覆思索困擾自己的問題，變換不同角度解剖之，終於撥開霧不再受其魅惑。

誰規定只能寫一種文類？

沒有人規定寫散文的不能寫小說，寫小說的不能寫詩。心靈不會呆板地只循一條軌跡前進，光不只作一種方位的投射。但也許是受限於時間、精力，當代中文作家大都只專注於一種文類的寫作，包括小說家如果轉向從事電影、電視劇本，小說即必然停產或減產。少數的例外是詩人在散文方面的建樹，典型者如楊牧、余光中。除此之外，甚少看到雙料或三料明星（小說家隱地兼寫新詩是可喜之舉），不像西方大作家面向既寬鑽探也深。即以近幾年獲得諾貝爾文學獎加冕者為例：奈及利亞的索因卡(A. O. Soyinka)，小說、詩、戲劇，無一不專；墨西哥的帕斯(Octavio Paz)，除了寫詩，美學、人類學、政治學樣樣精通，散文更優秀而多產；西班牙的塞拉(Camilo José Cela)，長短篇小說外，遊記、劇作、詩集皆負時譽。我們很少看到（也不相信）一位世界級大作家出手單薄。

一九九〇年以來，在臺灣跨文類出擊的，除了詩與散文夙有聯姻之好，以專業散文家而有精彩小說出現的首推阿盛，一部《秀才樓五更鼓》（長篇小說）使人不敢輕忽他寫小說的前途；去年三月他發表於《幼獅文藝》的〈錦鯉與垃圾魚〉乍讀猶不慣其浮動的青少年語彙，很快地就讀出人生沉重的況味。另一位是詩人李渡予，一九九一年以〈解嚴年代的愛情〉奪得《聯合報》短篇小說獎第二名，一九九三年再度寫出〈黃尾巴〉的力作；看樣子小說成就大有凌駕詩的趨勢。

〈錦鯉與垃圾魚〉藉一個高中生在「臺北公路西站」等姐姐，回顧他姐姐如何為家計到酒吧討生活、對抗社會險惡、泰然面對譏諷與歹命，終於找到一個好歸宿，成親在望……他在路口一等，等了近五個鐘頭，不知姐姐是否與男方談親砸鍋，或是電話聽錯，他憂心如焚遂把氣氛繃到最緊點。十二生肖除了虎未登場，其他像馬痞子、眼鏡蛇、涮羊肉、金錢鼠……全成了本篇人物，一個牽引一個，像玩拼圖遊戲組合成一組耍狠犯賤中包藏溫柔之愛的人生面相。ATOS是臺語「會吐」加英語複數「S」；形容成績太菜說「馬蓋先也救不了」；形容破高中說「爛得豬腳麵線似的」；說三十歲的人是糟老頭，近六十則稱古代人；一大堆唐朝、周朝、古代之類的時間形容都是誇大傳神的青少年說法。「可憐老娘如何如何……」以及「可憐老姐如何如何……」的感嘆，不濫情而自見滄桑。小說中的錦鯉，比喻出淤泥而不染的老姐，垃圾魚指的是像豬頭皮、狗不理這類人渣，更進一層的象徵是：人海像河海，要讓少年在成長過程中了解這是大吃小的世界，但不論環境如何惡劣，魚（人）都要生存下去，並分辨出清濁的道理。小說的意義至為豐富。

〈黃尾巴〉這一篇小說以背景色調特殊取勝，屬於古老東方的、荒謬信仰的，卻又真實得無懈可擊。以醞釀「噬父」的激烈情節——人老了就要被子女當作食品烹煮吃掉，醃起來或浸泡在酒缸中亦可——探討現代社會三代同堂，老人的多餘、難堪。在這樣一則具象的「現代神話」裡，既烘托出現代人怕老而求取偏方（吃泡過人尿的紫苜蓿和胡蘿蔔）的頹然，也點出下一代奉養老人時相互卸責推託的心理，媳婦比兒子更不耐家中有一「怪老人」插足。李渡予在小說裡創造的那條黃尾巴（隱喻），搗亂了原本平靜的家庭生活，人老了在子女眼中竟像猴子一樣惹人煩厭！這是一個逼走老爸的故事，老父親代表所有家中受奉養的上一代人——情節直接，刻寫犀利，寓意則詩般含蓄，既寫出命運（生命）的重量，也警醒我們對現代生活中的倫理重加思省。

小說聯合國，社會萬花筒

小說寫作頗講究寫作者觀察事物的眼光，看他立腳在什麼地方，進行搜檢自己的記憶庫和想像庫，看他怎樣調節觀測角度去抓取所欲掌握的材料。角度調整、伸縮、變換得越自由，創作的完成度會越高。

閱讀小說，評其高下，也應抱持這樣自由的視角，以便看到遠的、近的、黑的、白的各種不同的創作風情。一九九二年歲末隱地先生邀我為爾雅出版社的年度小說選，觀測一九九三年創作成績，我始則欲以一「統一」（其實是片面）觀點勾畫全景，終於決定採開放態度，盡可能包容不同的題材、主題關懷、筆調氣質，以成就小說的聯合國。

一九九三也確實提供了「小說聯合國」的可能，例如葉石濤〈玉皇大帝的生日〉、林宜澐〈惡魚〉、蔡秀女〈消失的罪行〉、李家同〈車票〉和履彊〈都是那個祁家威〉五個短篇的立意、手法、切入點即截然不同，且不論各家筆調沉重或故作輕鬆，他們確以無比纖細的感應，顯現了社會萬花筒的多重面貌。

〈玉皇大帝的生日〉發表於《自由時報．自由副刊》，文筆樸實，在平鋪直敘中洋溢著人情美：日據時代身為奴婢的翠玉請母親為頭家準備拜天公的五牲，由愛她的三少爺哲明騎單車去取，不料回程經過派出所時，那隻悶在布袋裡的大公雞竟咯咯啼叫起，哲明遂以藏匿黑市物資被派出所扣留，翠玉勇敢地赴難、替哲明受押，感動了老阿媽，決定打破主婢不成親的封建思想……情節結束在全家人齋戒沐浴齊集正廳、上香叩拜之際；翠玉的婚姻大事「暗定」在玉皇大帝生日祭祀中，極顯溫厚莊穆。葉石濤筆下生動的社會圖像，映照出日本據臺時平民的生活情景，作家對斯土斯民的疼惜憐憫，頗堪咀嚼回味。

林宜澐的〈惡魚〉發表於《中時晚報・時代文學周刊》，將政治的罪惡、罪惡潛藏的地方、罪惡存在的方式，放進「鱷（惡）魚」、「下水道」、「謠言」組成的象徵體系和盤托出。林宜澐出神入化的想像力，活潑了一九九〇年代臺灣小說的生命力！在金光罪惡的城市，陰暗的下水道中究竟有沒有鱷魚？市民、市長及市長的心腹、清潔隊長，各有不同的想法，「政治」不也是隨人理解嗎？政治的面貌如何？也像那隻鱷魚慈祥、會微笑、欲言又止，有點無奈，還會嘆氣吧！篇名不用「鱷魚」而用「惡魚」，則其惡已從形象進入本質。清潔隊卡通化的捕鱷行動，在現實政治中一如政府的肅貪、查察賄選，應個卯的成分大過其他；事實上，惡也不易鏟除，因為它通常藏在下水道，偶爾也飛起在十二層樓窗口，當你以為天下太平了，它又像電動玩具的機器怪頭、左冒右冒、吐舌頭、扮鬼臉。再說謠言及新聞的製造，在這篇小說中也有一番辯證，林宜澐經由政治謊言喜劇性那一面，對政治的惡（擴大來講是城市中的罪惡）予以極深的批判。他的喜劇筆調比後期王禎和來得矜持約制。

文評家金健人曾說：

> 如果作品不是在局部意義、個別形象上使用隱喻、象徵等手法，而是以作品的整個形象體系構成一種隱喻或象徵時，那作品的內涵就呈現出開放狀態。

他的意思是：這樣的象徵可以使作品獲得難以測度的深度。以此標準看〈惡魚〉，宜乎此文為林宜澐榮獲一九九三年「洪醒夫小說獎」。

蔡秀女的〈消失的罪行〉發表於《中國時報・人間副刊》，探討在傳媒推波助瀾下，一波波有關二二八的影像報導、紀念活動是否有助於重構歷史真相？答案是否定的，因為影像受到操控，傳媒只在追趕時潮，任何私有的祕密，都很容易被收買。小說中二二八死難遺屬李澤旭之所以對「真正的罪行不見了」懷有畏懼，其實正是因為不甘心，當他處在「藏住真相」和「公開真相」（販賣真相）兩難之際，他只能靠過往的時間、過往的記憶來安慰；他問腦海裡永恆的母親：「妳在那裡……晚上還是睡不著？」在他心中，母親沒有死；時光疊映，氛圍迷濛，茶與琴音烘托的受難家屬的心，十分令人同情。最後，李澤旭在大企業買走他母親遺下的祕密資料前，大量拷貝那批東西並隨機曝光——以此方式抗爭，自然是深有「言外之旨」的。蔡秀女曾赴法國攻讀電影，本篇電影運鏡手法乾淨俐落，襯托得語言分外明淨。

李家同的〈車票〉發表於《聯合報・聯合副刊》，是一篇德蘭中心孤兒的身世追尋，沒有任何花狸狐哨的技法，卻把一位「遺棄」自己孩子的母親隱藏的愛，寫得賺人眼淚。久不見如此「純潔」的小說！作者時任靜宜大學校長，資訊工程出身，多年來一直參與社會愛心事務，本篇小說中修女的愛、家教老師的愛、派出所老警員的愛、屏東小城那所國中女校長的愛……想必都有現實投影。孤兒解開身世之謎的情節似偵探小說抽絲剝繭的手法，這一點與作者的閱讀喜好有關。在社會趨向暴戾冷漠、文學趨向妖嬈鬼怪的今天，我珍視〈車票〉這類淨化人心的好作品。

履彊的〈都是那個祁家威〉發表於《聯合文學》，從題目出現愛滋義工祁家威的名字，即可知這篇小說有關於愛滋病。愛滋病之所以能當一個文學課題來討論，原因正在於它縮連了「愛」與「死」這兩件事，除了有如何防範的醫學問題、特殊心理與生理的問題，還有保險套的市場問題，一個人加另一個人或加許許多多人的事，當然是文學的事。同性戀長篇著例有白先勇的《孽子》、馬森的《夜遊》，短篇未聞名作。履彊這篇作為愛滋現象的一個注腳，有相當深沉的見證意義。兩個退伍老光棍、像夫妻一樣的冤家，「相濡以沫」多年，有一天猛然罩在染患愛滋的陰影中，彼此互咒對方是「爛屁股」、「爛鳥」，又一道扶持求醫想探個究竟；至小說結束，仍未揭去心靈的陰影。履彊將一個特殊時空、特殊族群，性與愛的委瑣、苦澀詮釋得入木三分，對話的逼真臨場感及各部細節都抓拿得精準，顯見得是名家老手。

新領域的試探永不止

一九九三年我看到的文學新象，一是小說場景的新，例如《聯合文學》西西小說回顧展裡的〈瑪利亞〉，描述非洲剛果的叛亂屠殺，視野拉到天之盡頭。一是形式挑戰的新，例如李黎第一次嘗試用書信體寫《浮世書簡》（發表於《聯合文學》），張系國從《一千零一夜》得到講述〈長征〉（發表於《聯合報・聯合副刊》）故事的方法；李渝以多重渡引觀點創作的〈無岸之河〉（發表於《中國時報・人間副刊》）。

這四位作家都長居海外，敏於中西文學閱讀，我不知道他們的創造是緣於心靈之窗開得大，還是肇因於內心與感官的衝突極其強烈；他們既有心向遠方母土尋訪知音，則對創造之必要、挑戰之必要，自不可能不嚴於常人。

〈瑪利亞〉是西西二十六歲參加香港《中國學生周報》徵文得獎小說，大約是西西不喜歡的「左耳之作」（她和何福仁談書時表示，波蘭有一作家告訴朋友，如想表達對他的書的看法，很簡單：喜歡的話，撫右耳；反之則撫撫左耳好了）。三十年後在臺灣我們竟然又讀到它，不能不稱奇。從西西三十年前的作品，就可見她試探之深遠，她留意千里之外剛果的動盪——叛軍劫持人質，殺害外國傳教士，美國和比利時派出傘兵營救。一九六四年十一月剛果叛軍暴行曾是臺灣報紙頭版頭條新聞，但僅僅止於紙張日益發黃的新聞而已，不像小說家西西執筆留下了文學不滅的證詞：瑪利亞這位服務於醫院的修女，掬水給渴極的俘虜時死在叛軍槍下；瑪利亞是救贖人間仇恨的聖火。西西的筆不拘限於身邊題材、熟知的事物，她寫希臘、寫墨西哥，寫南非、瑞典、尼羅河……源頭之多與風格典型的超越，在當代中文作家中不多見。

李黎的《浮世書簡》觀照人生的氣質極佳，流盪在生命畫布上的纖細、智慧、寬諒映照金秋的情采。儘管〈前塵〉、〈逝水〉、〈故事〉三簡僅占整部書簡的六分之一，但僅此已可見情節之輻射，留白部分有無限的後續空間。十八封信全部是她寫給他的——小說中的男孩原是女孩的家庭老師，由相識進而相戀；男孩出國時，女孩才念完大一，愕然發覺懷了他倆的孩子，迫不得已去動手術拿掉。以後因無法預見之茫茫，各走各的、越離越遠，直到二十年後女的離婚（因不能生育）、罹患乳癌，面臨生命另一個轉折點，她去到舊金山、男的居住的地方，尋索失落的歲月、失落的自我；面對死亡威脅，在期待相見中回首前塵，懷抱一份渺茫的心願相見後，再留一份未了的因緣——幽情如蝶翅抖動於風中，頗教人心頭顫慄。何謂犧牲、負疚、忍痛割捨？何謂最終的和解？李黎在小說中有圓滿的解答，其意象之深刻、象徵張力之飽滿，媲美於詩。

張系國的〈長征〉是一篇好讀卻不易詮解的小說，莎赫拉查德（Scheherazade）式一個故事接一個故事，文長不到三千五百字，故事多達四個（作者擺明的有三個版本）：一是迷路的唐人街老婦噙著眼淚走了三日三夜；一是美墨邊境，偷渡的墨西哥人千辛萬苦而來，竟相擁踡曲死在噴農藥的田裡；一是大陸文革時，浙江大學師生戰備行軍，從紹興走到杭州再從杭州走到紹興，一是僑報女記者遍嚐孤寂後準備與落拓的同行丹尼爾結婚，回返她原生的香港。如果加上女記者以前男友（女記者撒謊？）的祖父和父親在美國南方從苦力奮鬥至豪門的歷程，加上小說中提到的翼王石達開和中共部隊的長征，再加上孟姜女萬里尋夫……長征的故事驚心動魄說也說不完，難怪文中那位作者那麼感與趣、那麼喜歡蒐集。僑報女記者從見那位作者第一面起就愛對他講故事，一年來不知花了多少心思在這上面，他們兩人的關係為何？該是另一類型的長征吧——異性追逐。人生有太多這樣的「長征」狀態，包括作者修改故事結尾說「女記者終於嫁到美國南部的華僑豪門」，他的心思要轉多少轉才轉到這條路線上，心思的奔馳跋涉也是長征。果真如我解讀這般，則文中的作者與女記者的交往，是統領其他故事的大故事套，層次既多，又不時能咀嚼到香酥蔥花般的小故事，充分顯現才子張系國筆下的游刃從容。

李渝的〈無岸之河〉比起張系國的〈長征〉，又另有一番富麗風景。究竟它出現多少故事？故事與故事間有無關連？都不要緊。你只需注意文一開頭所拈出的「多重渡引觀點」就好——頻頻更換敘述者，由一個視點至另一個視點，綿延視距；它打破了現代主義要求的小說結構，作者介入其中說解提示，有後設小說的精神，章節短小、散漫中求統整，則帶了古典筆記小說的情味，予人新奇的閱讀經驗。其實小說講的無非人生遭遇、消失與變化的故事，其中有恍惚交錯的夢境實景、過去未來、空虛寂寞、成就榮耀、離去與回返、日與夜……。第一個故事引子的視點，從朋友身上引渡到女律師、女歌唱家、再到女歌唱家講的故事中的人物愛情；第二個故事「新生南路中間曾有一條瑠公圳」，從

羅位育，以及最近出類拔萃的駱以軍，武功路數、氣質隱顯都不同，但握著筆的時候，他們都有頑皮的性格。除黃凡停筆，作了另一番選擇，其他四人一九九三年都有小說集問世，成績可觀。

特別是張大春，一口氣寫完《我妹妹》十一篇，發揮他說故事的本事，以一支哀愁、頹廢的青春之歌，帶領我們身歷苦澀的「成長之謎」（包括生命的誕生、死亡），追問生命的意義：要恨誰？要感謝誰？要原諒誰？要追悔什麼事物？小說中大量裸露的性經驗、粗俗的語言、荒唐的心理、狗屁倒灶的認知，都適切印證了成人世界痴呆、瘋狂、陰險、偽裝的情境。〈終結瘋狂〉是《我妹妹》的壓卷作，原刊於《聯合報・聯合副刊》，小說中的「我爸爸」把「我媽媽」逼出精神病、逼進瘋人院，不料在他的畫展場裡，「我」和「我妹妹」惡作劇地「暴露真相」，擊垮了「長年掌握發言權」的「我爸爸」。「瘋狂會不會遺傳？」是文中最具嘲諷性的問題；孩童眼中的成人的惡，以及孩童在多年後反擊此惡之前的焦慮、掙扎、痛苦，都發人深省。恐懼、憂慮、潔癖……等精神官能異常症與遺傳影響及環境學習的關係，也在這篇小說中作了一針見血的推演。

社會文明往往與人心之癌共生。近幾年大眾心理讀物打開了市場，人們對比較幽深的內在世界，有認知、表達、接收、研究的興趣，顯示一個「心理社會」的到來。臺灣小說在心理描寫方面，相應也深；以此評斷張大春的〈終結瘋狂〉，如何能輕忽他極其豐富、深沉的那一面。

在心靈的另一經緯線上，血型、夢、星座、命理、占卜，也饒富挖掘意義。小說界難得的後起之秀駱以軍，發表於《皇冠》雜誌的〈降生十二星座〉，是一篇力作。

閱讀〈降生十二星座〉之前，有必要先認識大型電玩「正宗快打旋風」中身懷絕技、面容姣好的春麗小姐：

其實在閃耀的螢光幕背後，春麗也有一段辛酸的身世（雖然這種設定在公佈之後，曾遭到春麗的支持者強烈的抗議，但原始設定者仍堅持不改）。春麗自幼即受到她那身為國際刑警的父親的嚴格調教，在她的心目中，父親是她眼裡唯一的男子漢，唯一值得敬重的人。但他卻在一次追捕國際販毒頭子——正宗快打旋風II最後魔王——貝加的行動中，中了貝加的毒計而殉職……從那個時候開始，春麗這個原本在自家庭院中練武的小女孩，就注定了要到黑街之上，與一千牛鬼蛇神拳來腳往，以便追討弒父之仇的命運……操作過春麗闖遍所有挑戰的玩家都知道，在冷豔致命的拳頭之後，春麗也有可愛、天真的一面，這大概也是她為什麼擁有這麼多擁護者的原因吧！（節自阿Q作〈遙遠苦情春麗當年……〉）

駱以軍以第一人稱和第二人稱兩種敘述聲音交互變換，打破電動玩具虛構情節與過去生活真實記憶的區隔。不同星座降生在「你」（即是我）身旁的春麗，像是你生命中的紅樓十二金釵；「道路十六」裡的格子則像人的世界、人的命運，時而大開，時而封閉，許多人玩著這種探險遊戲，一格一格地碰運氣，有一天破陣進入一直進不去的格中，才發覺是進到了別人糾纏私密的故事裡——進入的方法藏在別個格子的迷宮中。人的命運（愛情也是）是不是正像被鎖住的那格？在評論家眼中，駱以軍的小說剝離了以時間軸鋪陳故事意義的方法，改以不連貫空間組合拼湊。他要表現的是新人類的處境嗎——主體碎裂消失，變成一格格零碎放在檔案裡的東西。

前與張大春聊小說時，曾聽他談過他的「生殖配對」原理：下焉者將男與女配，中焉者將黃人與黑人配（或白人與黑人），上焉者將人與虎配、人與麒麟鳳凰配，成功機率越小挑戰越大，小說頑童興沖沖在做開發的工作。張大春、駱以軍都有這個能力！

選小說，一定有所遺漏

我一定有所遺漏，那些與我氣味不合的作品，例如筆名輕飄飄、軟綿綿、既脂粉氣又不真實的人寫的小說。「裘琍」、「席安妮」、「藍雁沙」、「法藍西斯」、「雲希眉」……肥皂泡沫般的筆名，重複翻製肥皂泡沫般的故事，你可以輕易看清楚他（她）們用淚水輕愁麻醉人的招式。

我一定有所遺漏，那些標明「鶴（福）佬話文學」、摸索形音義的作品。我關心其發展，也樂見當文字工具不成問題時，它們走出一條新路。

我一定有所遺漏，大陸作家的作品。我不否認受「臺灣文學」主體性思考、爭議所影響，否則我至少該考慮莫言、韓東分別發表於《聯合報・聯合副刊》及《聯合文學》的作品。

我一定有所遺漏——真正產生遺珠之憾——漏了發表「鄉愁系列」的平路、發表「恐怖極短篇」的袁瓊瓊；此外，楊照〈午後九點零五分的落日〉、孫瑋芒〈蓮蓬頭事件〉、蔣曉雲〈楊敬遠回家〉、鄭清文〈五色鳥的哭聲〉，也都為我再三注目。

就一本年度小說選而言，一口氣收入七位首次獲選的作者（李渡予、阿盛、陳品竹、李家同、駱以軍、林宜澐、林麗芬），加上老、中兩代名家，堪稱是一有活力、有生機的組合。

我在閱讀中每有體會，發覺年少時練習寫小說的那個我不斷向我呼喚，而文學欣賞與創作之理相通，初無文類之限制，也再次得以印證。謝謝隱地先生信任我看小說的眼光，使我有這樣完整的一次經驗。

——原載一九九四年三月二十日～二十一日《自立晚報・本土副刊》

學生文學獎生態調查

文學獎鼓舞寂寞寫作，使投資報酬率極低的行為，也有機會分紅奪彩。特別是校園文學獎，當年輕學子猶不知自己能不能寫作、能寫什麼文類時，經由練習、競爭、評判，往往能幫助他們作出去留抉擇。

以臺大文學獎為例

目前幾乎所有的大學都設有校園文學獎。不少高中也有。有名的如創辦於一九七二年的成大「鳳凰樹文學獎」，出過明星作家的臺大文學獎、師大文學獎，以及中大「金筆獎」、清大「月涵堂文學獎」、輔大「草原文學獎」等。

以臺大而言，一九七〇、八〇年代交接之際，創作風氣鼎盛，臺大文學獎開辦，吸引了各院系喜愛文學的學生參與。拿散文獎的有中文系簡媜、政治系蔡詩萍、外文系鄭美玲；拿詩獎的有醫學系蔡順隆；拿小說獎的有農經系傅豐琪。十幾年過去，除簡媜、蔡詩萍仍活躍寫作圈，其他寫手（包括連續三年奪得「全國學生文學獎」並有「時報文學獎」、「聯合報小說獎」佳績的傅豐琪）都已輟筆。

校園文學獎是寫作的搖籃嗎？

一個早慧的作者究竟能不能保證他的文學事業？答案當然是不能。然而為什麼持續握筆的新世代作家如詹美涓、羅位育、羅任玲、陳樂融、沙笛、蔡珠兒、安克強、許佑生、方群、林群盛、柯翠芬、林黛嫚、彭譽之、林齡齡、王曙芳、黃龍杰……這一大串人馬在求學時幾乎都與校園文學獎脫不了干係？

有人因而樂觀地認為校園文學獎是培育新世代作家的搖籃，搖醒了他們的寫作意識，為他們開啟了一條和文壇相通的路，例如曾一舉囊括成大「鳳凰樹文學獎」小說、新詩、散文、評論四獎的陳國城，正以「舞鶴」的筆名專事小說寫作。但也有人持保留看法，說這些校園寫手能不能蛻變為新銳作家，還要看個人的性向、追求和畢業後的行業——

大約在出版、傳播媒體工作者較不會放下筆，否則儘管學生時光燦一時，仍難突破時空限制，例如師大文學獎小說首獎得主的梁錦潮、黃金玉，以及念東海工業工程的李近（小野的弟弟）、念嘉義農專的陳迹，離校不久都中止了創作。

三位大學教授不同的看法

那麼，校園文學獎的意義究竟為何？

臺大教授柯慶明說：學校設獎的意義在使學生覺得從事現代文學寫作也是一項正業，不是早年所謂的「不務正業」；在價值觀念上起了作用，因此臺大的研究生繼續創作的不少，一九九〇年代在博士班就讀的極短篇作者衣若芬就是一個例子。中大教授李瑞騰說：任何一段培育過程、任何一個才藝養成環境都必須有刺激，獎就是刺激，刺激學生對思考表達、對文字的敏感，倒不見得是培養作家，而是培養他們可以從事更寬廣的文字工作；他在淡江中文系教過的一個學生林宏洋，崛起於校內徵文，後來成為優秀的新聞記者了。新銳詩人陳萬福指名感恩的成大教授楊文雄，則仍認定「鳳凰樹文學獎」設獎動機在鼓舞同學邁向創作之路，為文壇栽培年輕作家，對南臺灣這項一年一度的文學盛會（邀請了很多作家評審）他有使命性期許。可惜，他說，現在校外的文學大環境不好，走文學大路的副刊也少，因此學生的寫作往往一出校門就斷了。

出了校門為何就縮手？

校園才子、才女為何一出校門就黯淡無光？除了外緣因素，有無其他原因？

曾任「文心藝坊」執行主編的詩人羅任玲認為：學生時期比較能專心做一件事，出了校門，保護網一撤、四方壓力一來，發覺創作不是那麼容易出頭，有些人就失去了繼續寫的動力。《食妻時代》作者羅位育表示發表管道是最大因素，創作回報率不高，使很多新人縮手。《火金姑來照路》小說集作者姜天陸則說校內競爭不大，得獎者並不表示有後續發展的潛力。文壇老頑童張大春更戲稱校園文學獎是一項求偶活動，有些同學參賽，只是玩票，藉此吸引異性、發現新樂園，實不足以發達個人或群體的創作資本（他不否認有些人寫著寫著也能累積出寫作的能力）。介於校際與社會之間的「全國學生文學獎」就不一樣了，他說，主要是參加者的態度積極，不是偶然的遊戲衝動。

誰敢忽視這一股新浪潮？

「全國學生文學獎」創始於一九八〇年，由《明道文藝》、《中央日報》合辦，中間停過兩年，許多得獎當時不滿二十歲的作者，至今都成了文壇主力，試看焦桐、渡也、吳鳴、陳克華、簡媜、林燿德、張春榮、張國治、侯文詠、張曼娟、張啟疆、羅葉、蔡素芬、魏貽君、許悔之、駱以軍……這一股新浪潮，蓄力真正可觀。難怪人稱它是造就文壇作家最重要的搖籃。希代出版公司之所以能立足出版界打響字號，和它網羅一批「學生情人」作家、拉攏了學生讀者有密切關係，詹玫君、彭樹君、吳淡如、郭強生、林雯殿、林黛嫚、張曼娟得獎後，作品都曾透過希代行銷體系，走紅書中。

激烈的戰場，嚴酷的競爭

據《明道文藝》社長陳憲仁提供之「全國學生文學獎」資料：讀博士班時參賽得獎者有渡也、張春榮。渡也是在拿了《聯合報》、《中國時報》的文學獎後回頭再與年輕學生競技，印證他「永遠抱著比賽心情寫作」的說法。學生文學獎得獎人結為夫婦的有魏貽君和楊翠、吳鳴和吳翎君等；文學在姻緣和事業或隱或顯地起過催化作用。

有的人雖不再專注於純文學創作，卻仍握緊手中的筆，例如：詩人江中明是一流的記者；散文家吳鳴進入大學講壇戮力於學術研究；魏貽君在文化論述占有一席之地，林齡齡則成為《啞妻》、《回首天已藍》、《望夫崖》等戲的熱門編劇。但絕大多數的得獎人（總數超過四百），包括曾經奪得五項獎的陳一郎（從高中到研究所），並不為文壇熟知，則可見在校園外的文學界，有更為激烈的戰場，存在著更嚴酷的浮沉法則和競爭生態。以此認知，看一九六〇、七〇年代的「中等以上學校文藝創作比賽」（沈萌華讀東海、陳亞南讀中師、黃瑞田讀竹師都得過此獎）、一九八〇、九〇年代的「全國學生文學獎」，或與學生文學獎型近之「耕莘文學獎」、各文藝營創作獎、各校園文學獎，對新人之閃爍或不旋踵而消失，就不會興迷惘滄桑之感了。

——原載一九九四年三月二十四日《聯合報・讀書人》

■補　記

一九九四年至今，奪得學生文學獎而成為更新世代作家代表的有：陳大為、紀大偉、楊宗翰、楊佳嫻、凌性傑、張耀仁、張耀升、陳宛茜、孫梓評、許正平、徐國能、張清志、張輝誠、丁威仁、李欣倫、林德俊、許榮哲、曾琮琇、吳東晟、黃信恩……。

——二〇〇六年十二月十七日

如果死了這樣一個讀書人

——與平路談「記者作家」的生與死

沒有一條新聞值得你犧牲生命

如果你駕車走上一條可能埋設地雷的道路，當地沒有人會與你同車，如果駕車接近某段路，路面似乎新翻，沒有車輪輾過的痕跡，而你又看到附近小孩已經摀著耳朵時，把車倒回去才是睿智之舉……

《紐約時報》一位戰地記者採訪辛巴威戰爭，對危險地區新聞工作者如是建議。

一九九四年春，兩位臺灣記者不幸死於國外公務途中，同行的記者作家平路因另有事辦，倖免此劫，但這一偶然不可預知的遭遇卻令她心神震動，久久難平，一如拜倫

(George Byron)的詩：「當你把剃刀拿在手裡，你才知道生命的銀絲多麼容易斷裂。」

避免採訪危險，幾乎可說是記者的良知，因為「沒有一條新聞值得你犧牲生命」。然而，沒有一個忠於報導的記者願意自披露人事物真相的採訪線上撤退、缺席，因此危險地區的採訪就不可避免地要面對生死課題了。所謂危險地區，不用說波士尼亞或索馬利亞的戰火區是，即連我外交人員駐俄羅斯亦領有「危險地區加給」。平路說，她做記者，跑西藏、印度、俄羅斯……常常想到歐．亨利〈相遇在撒馬爾干〉那個故事，夢見死神的人逃至撒馬爾干避難，不料正是去赴死神的明日之約。

那麼，她為什麼不以學習本行統計師為業，卻要做一個天涯奔波的記者呢？「記者的工作很好，給你不斷翻新的眼睛。」平路說，今天在這裡，明天在遠地，下個月又不知在何方；在時空不停地斷裂與接續中，你會去反省認知什麼是鄉愁、什麼是記憶？她在《聯副》發表的「鄉愁系列」小說，其源起即與此種生活思考有關。

由於主客觀環境的配合，平路成了一個創作型的記者，她沒有立即寫稿的壓力，經常彷彿與當時實地無關，像在做生命本質、人性的探索，其實又無不在為下一次的採訪預作準備。

記者生涯磨鍊了海明威式文體

中國的記者作家（指作家形象突出者），早年以蕭乾為代表，一九三五年他採訪魯西、蘇北水災，為《大公報》作〈流民圖〉；一九三九年訪滇緬公路，作〈血肉築成的滇緬路〉；一九四三年更是炮彈四落的歐戰場上唯一的中國記者，一面發電訊，一面寫特稿，其新聞寫作與報告文學的成就交相輝映。

如果只看到採訪線上有人生有人死，那是一般記者的眼（比觀光客的眼光深刻）；若更能看出如何生如何死，有探究人性的決心、作情境典型的展示（非單一現象的直陳），則非優秀的記者作家莫辦。其間的差異有時很難說明，無以名之，就說差在一份天生的「本能」吧。而靠這一份多出來的本能特質，寫《西線無戰事》的雷馬克 (E. M. Remarque)，筆下除具備記者忠實、客觀、不狹隘的要求，還表現了受戰爭戕害的一代人的命運；《百年孤寂》的作者馬奎斯 (Gabriel García Márquez)，年輕時短暫的記者生涯，見證了他巧編素材的功力；寫作《馬拉坎野戰軍故事》的邱吉爾 (Sir Winston Churchill) 靠著輝煌的新聞事業把他送進國會議堂，以至於出任首相、進而以《第二次世界大戰回憶錄》獲得諾貝爾文學獎；葛林 (Graham Greene) 走訪墨西哥後，之所以能寫出《權力與榮耀》，也無非因去除不掉的作家特質——他說，寫作就像身上長癤子，非把膿擠出不可。

說起戰地記者出身的作家，凡人都不會漏掉身歷一、二次大戰及西班牙內戰的美國海明威 (Ernest Hemingway)，他曾說「眼睛閱讀的必由手寫出」，早年堪薩斯城《星報》、多倫多《明星報》對記者寫稿的要求，磨鍊了海明威式文體，而戰地行動則深化了他的觀察與體驗。

「當死亡陰影這麼大、死亡的終點這麼清晰，那時你要掌握的是什麼？」平路強調海明威字裡行間的時間感是記者生涯所鍛鍊。至於馬奎斯作品中的國族寓意、不脫社會文化的主題，何嘗不襯映出記者生涯的身影——大多數拉丁美洲作家都不可能自外於社會改造的行列，不是身兼報導者就是評論者。

追尋一個完整的閱讀之旅

儘管像海明威那樣嚮往危險及戰爭氣味的作家很少，但曾擔任過採訪通訊工作的作家几自不少，例如：福克納 (William Faulkner)、史坦貝克 (John Steinbeck)、M. 弗里施

(M. Frisch，瑞士)、盧德威克(Emil Ludwig，德)、奧第・安德萊(Ady Endre，匈牙利)，甚至，寫過《抗戰行（中國）》的奧登(W. H. Auden)也可算進去。資訊事業日益發達的臺灣，兼顧新聞採訪與文學創作的人也有日增的趨勢。

基於對世界和人生的好奇，記者作家將絡繹於尋訪異鄉途中，尋找死亡毀滅不去的意義。就像平路說的：「如果與死神打一個照面就被嚇倒，這在我的邏輯系統裡是說不通的。」以後她還會不會再動買防彈背心去塞拉耶佛的念頭，現在不敢說，但追尋一個完整的閱讀過程般的採訪之旅是必不免的。然而，如果死了這樣的一個讀書人怎麼辦？小孩會長大，朋友的傷心會過去，平路說：「年紀大的父母最難了，因他們的生命不可能再有什麼新事物。」

——原載一九九四年四月十日《聯合報・讀書人》

副刊的角色

作家主編副刊，始於新文學運動初期，徐志摩、沈從文、蕭乾，固人所熟知之例，艾青、何其芳也執行過文藝版編務。這傳統至今未改，算得上是一脈傳薪。

這樣的編者，護衛的是文學的尊嚴，吸引讀者的是文化的象徵——秉持信念，以心靈知識傳輸為樂，盡到發現的責任。一個稱職的編者，一怕眼界不高，常與有價值的東西失之交臂；二怕自閉自限，終於蒙蔽了自己，與副刊應尋索的心靈知識相隔離。

所謂心靈知識，不見得是致用的學問，不見得有救世的力量，欲以之為工具，掌權、致富，定然是要失望；大多只在思想上挑戰現實的禁區，在語言上重勘無人顧的邊區。拿海峽對岸作例，相當於亂局中一群有風骨的文人進行的「思想操練、語言操練」。

此間新聞工作者或有譏諷文學副刊不能應時應變，殊不知副刊的本質就是要比新聞版不露聲色，要少幾分尖銳；讀者或有怨怪文學副刊不夠大眾通俗，也因不知副刊文稿原比娛樂消息要多一分聰明，少一分迎合；學術人或有批評文學副刊不夠博宏深奧，則是拿學報式的學術來要求副刊，以眾人消化不了的內容，表以望而生畏的形式，是另一種對閱讀權的漠視。

副刊究竟應包含什麼內容？除精良的文學創作外，錯綜複雜，很難說得清。說了很可能就限死了它的活潑生機。副刊接收信息的門戶既是大開的，又是矜持的。簡單說：它對世事未必直接介入但宜關注，未必有何韜略但有情，未必有充足的發言時間但一定有表態的機會。在厚厚一疊報紙中，它不是有爆破力的「前版」，是進而有度退而有節的「後版」，此中前後之相對，非自甘落後，何妨有老子「守柔曰強」的妙義體認：不論從文章學習或人品風範的瞻慕，皆稱效益。

如果這樣還不能說明副刊的價值，那麼只好反問一句：心智方面的價值誰能計量？如何計量？

副刊在今天的角色，有時正像一位飽讀詩書的文化人在時代困局中的標竿作用，像新文學運動初期蠭起的民間社團與刊物，結合了知識者——包括教授、作家、自由業者、公務員及從政官員，在分化的大環境下仍有共處的殿堂；以同樣的發言臺、同樣的麥克風、同樣的聽眾，進行社會經驗、人生閱歷、政治思潮等等交織而成的人間情懷的激盪。

前些年文壇頗有「熱副刊」、「冷副刊」之爭。副刊編者究竟要主動出擊不斷地企畫專題，還是被動等稿使成一草木自然的文學花園？兩派人士看法不同。到現在，冷也冷過、熱也熱過，無解還是無解。可以確定的是編者除應廣泛涉獵知識，於社交亦不可太回絕，因文人每於讌談歡快之際傳遞新訊，編者正應藉此等場所補遺、思辨，從而形塑專題，發掘情真意美之對象下手邀稿；有關文壇活動、作家心得、學人感慨、一本書的完成、一個出版社的誕生……亦無不早早宣之於各不同的開放空間，編者豈可無聞。

邇來文會常有人以副刊歸向作話題，朝曦乎？夕照乎？心有所思，特寫這篇小文就教於關心的朋友。

——原載一九九四年九月二十六日《聯合報・聯合副刊》

一個詩人的自覺與反省

——與青年朋友談進階摸索

一九九四年九月，在臺北我遇到一位美國「通靈」女子伊利莎貝，據稱她可預知人的未來，並感應對方的心靈。但她對我說：「你是個腦子不斷飛速運轉的人。」她無法捕捉到我內心的訊息。就此點，我自覺是可印證的，因為我平常想得多、想得急，每一種念頭、影像出現的頻率非常快，一溜再溜，一轉再轉，安定下來的時間很少。這種特性導致我在創作前，很難先理出輪廓清晰的腹稿，往往是筆和稿紙接觸時，詩形才突顯出來。假如說詩就是生活，或者生活就是詩，我想我的生活充滿著思想的試探，不斷地向前走又回頭看，然後再往前走——是一種不斷反思拉鋸的過程。

從一九七二年十九歲那年開始寫作至今，我還在摸索。其間每出一本詩集，旋即後悔，因為對收錄其中的作品已感到不滿意。也常常檢討警惕自己，怎麼又犯了急躁的毛病？並且惋惜自己的生活型態為何不能更孤獨、沉靜，以便經營較大體系或繁複構造的東西。有時，反問自己為何把生命東一點、西一點地浪費掉了……？在如此反思的過程中，我認識到自己作品的不足，寫作方法多少得到改進，下一步就可能走得更好一點。這麼一想，就又充滿喜悅和信心，覺得自己在寫作的長跑線上，還有美麗的風景在前方等著我，再過十年，我的作品應該比現在更好。我確信一個創作的人，不能停在原地期待開花結果，必須經歷各種修鍊。我自己在有限的條件下，正努力地認識生活，因為努力、有意識地，所以才可能修正自己的不足。

這些年來，我透過廣泛瀏覽書籍，去認識自己所不知道的社會與人生；藉由翻譯作品以彌補出身中文系的人學習上的不足；購買諾貝爾文學獎作品全集，希望這些偉大的心靈能像打火石一樣，為我這樣的木頭點燃火花。也嘗試每週一篇的副刊專欄，起初，我很遲疑並不敢答應這種限時交稿的寫作，但最後還是歡喜地接受了。雖然實際寫的時間，每次只需花兩三個鐘頭，但隨時要掛念著那件事，生活的節拍一定無法輕快起來。但後來，我想藉著專欄論述，強迫自己思考，整理我對經驗層面的認識。對寫詩的人而言，這方面的鍛鍊相當地重要，因為詩人需要有自己的觀點。古人說：中年以後才情便不足恃，所賴者學養也。中年後，月白風輕的生活，已無法保證你能繼續寫出好的作品，反倒是人間遍歷、事事體嚐後，才可能產生渾厚壯闊的東西。

四個知與四個不知

詩是否好寫？答案是「不容易」。當今壞詩所佔的比例高過於散文甚多。我如此講並無比較詩與散文高低的意思，只是認為散文要寫壞比詩要寫壞的可能性低。以我個人在報紙副刊擔任編輯，又參與大學、中學校園文學獎評審的經驗來講，好詩的比率往往低到二十分之一，也就是說過目二十首，才可能看到一首像詩的詩。可見，寫好詩的確不容易。但是，為何仍有那麼多人選擇詩這種文類從事寫作？以常情推論，一般人認為詩短、不必花很多時間、容易寫出來，存有取巧的心態。為什麼說是取巧？沒思考到寫什麼，不管所思所想的東西是否已明確成型就下筆了。

以我的詩選集《遙遠之歌》（花蓮文化中心出版）中的一首詩〈夜行〉為例：「潛入夜色的傷兵／渴望看到燈火／卻又怕被燈火看到」只有三行，我想表達的是人生兩難的處境。潛入夜色的傷兵，渴望找到人，找到療傷的依靠，卻又害怕被發現，因為被發現之後，必須面對的是一個未知的狀況。戰場上的傷兵如此，逆境中談戀愛的人如此，喧鬧中隱遁抽身的角色也是如此。作品意涵未必能完全傳達出去，但至少寫的時候必須知道自己要表達什麼。

不會寫詩的人有四個知與四個不知——知道詩的字少，但不知道意念不能少；知道新詩不需押腳韻，但不知道字詞和行間另有節奏的講究；知道要創新，卻不知道把字句扭曲，不叫創新；知道用意象來表現，但不知道如何讓意象很和諧地在詩中生長成為有機的情境。以我寫過的〈逝日〉這首詩為例：「洗衣機迴旋的渦流將／換洗的衣褲絞扭成同一方向／像許多奔跑的大人、小孩／在同樣迴旋的日子裡奔跑」，衣服代表人，衣服在洗衣機中轉動，代表時間的消逝，字行雖然少，但意思並不少。再看〈旅程〉這首詩，運用一條河的流程，襯映一段愛情的發展，寫男女既痛苦又歡愉地相伴在旅程中：「你是貓眼的鬼宿啊　與我飄忽相嬉／我是流紅的蠍星啊　與你搖蕩相擊」，並未像古典詩所講究的一定要在同一韻部裡押韻，但這裡「啊」和「啊」相應、「嬉」和「擊」相和，唸起來就有節奏感。

有關字句扭曲的缺失，不是指讀者閱讀經驗不夠、對詩的鑑賞方法不懂，以致讀不通的詩句，而是指作者對中文的語法、字詞沒有掌握能力的扭曲。至於「意象」，我們常看到年輕朋友因為靈感的火花而創作出驚人的意象，但整首詩的完整性卻不夠。這時該檢討的是這意象在詩裡是否絕對地需要？是否突兀而格格不入？是否孤立而未得到和諧地表現？我認為意象的創造應該如武俠小說中馭劍術的「身劍合一」，當你創造一個意象後，你必須自己整個溶入主景、主境間，進入其內，投身其中，才能注意到周邊的其他布景，合成一個有機的情境。我非常強調，詩人即使清楚自己的想法，知道要表達什麼，也需顧及溝通傳遞的問題。不必千百人看得懂，但至少要讓行家理解。

詩人楊牧曾說：「詩為文學之母。」西方大學裡的詩學講座，以「詩學」概括「文學」，所邀請的主講人不光是詩人，還有小說家、戲劇家。前幾天（一九九四年十月十三日）發布的諾貝爾文學獎得主日本的大江健三郎，瑞典皇家學院頒贈給他的頌詞說「大江健三郎用詩心創造了一個想像的世界……」，以「詩心」頌揚一位優秀的現代小說家，又說他「把人生和神話濃縮成一幅擾攘不安的畫面……」，強調「濃縮」的原理同於詩的原理。凡此種種都可旁證詩的精神與價值。

三個盆子九包泥土

優秀的詩人，未必會寫小說、戲劇，但優秀的詩人，必定會讀、會批評小說、戲劇。可是，散文家、小說家，卻未必能批評詩。我個人主編一九九三年爾雅版的年度小說選。最初，有人懷疑詩人會評選小說嗎？等到小說選編出後，這種批評自然就消聲了，繼之而起的反而是驚訝。為何說優秀的詩人一定會讀小說、戲劇，因為詩人不僅僅是文學的創作者，同時是藝術家，不僅要懂人、事、時、地、物這些作品的現象，還要知道創作的根源——藝術的原理。這藝術的原理很難講得清楚，大概是屬於顏色的敏銳或聲音的交感。這是後天可加強、卻無法再製的，其根源是原來有沒有那顆細胞。藝術的原理著重點不在單一題材，是整體抽象美感的控制。詩的原理與藝術的原理相通；敘述性強的小說、散文的創作原理與運用音色等抽象符號的藝術原理相距則較遠。

我曾經說過，如果要成為一個稱職的詩人，要像法國作家雨果（Victor Hugo）說的：「誰要是名叫詩人，同時也就必然是一位歷史家、哲學家和畫家。」歷史和哲學都強調抽取、選擇、提煉、當然也有批評，為後世借鑑、為人生指引。畫家則要能很敏銳地展現情境——把現場帶回來。「把現場帶回來」，對一位優秀詩人而言，一點也不困難。如果現場很遼闊，他知道選擇最具代表性的；如果現場很紛亂，他知道如何在紛亂中，找到焦點。在寫作上，如不能成為非歷史學家的歷史家、不是寫哲學論文的哲學家、不是拿畫筆的畫家，那麼就無法成為有精神的詩人。

前些年，尤其在學院裡，偏重古典而輕視現代，於現代當中，又推崇小說，貶抑新詩。原因在於他們認為不能寫小說、散文的人，才會去寫詩。今天，的確有一些不能寫作的人混跡詩壇，在真假混雜，壞詩充斥的情況下，詩人的自省工夫特別重要。寫詩，沒有任何人可指導你、影響你，只有自省，才能形成自我風格，超越過去的我和同時代的人。

風格簡單講就是文章的才調，包含裡子和外表。作品如果沒有主題關懷、對事物的想法，沒有運用文字的獨特手法，那就像一個人沒有裡子，又沒外表，怎能讓別人認出你來？

有一次，我到花市買泥土，因為我有三個盆子，所以店主要我買九包泥土。我認為盆內原已有土，不需要九包土，他說：「原土多半已成死土，僅可保留五分之二。太多死土混合會降低活土的品質。」對一個文學創作者而言，這是很好的啟示，他應隨時檢視植根的地方，找尋創作的土壤，思考什麼是自己應牢牢把握住的東西？心田是否已成死土，該不該更換？優秀的詩人無需他人教導，就有這種能力。

詩人孕育的三個階段

一個詩人的孕育有三個階段。第一階段在於你是否有詩人的潛在本質？如果沒有，幾乎不可能成為詩人。具有潛在本質的人在這一階段中，感覺到詩的吸引召喚，主動想要去塗鴉、解讀詩、在生活中談一點詩的名詞、理解詩的句型、接觸詩的理論，對詩社的活動也頗感興趣。詩的啟蒙從來不是外塑而是自覺，像一座礦藏或一口井，內、外條件成熟時，就會開挖。於是，他感覺到詩既是內部的激湧，又是外在的吸引，充滿情感、思想、文字的敏感。像七十幾歲的作家楊子遊至阿里山時，仍在姐妹潭畔向潭中擲錢許願，有人稱之為無可救藥的浪漫主義者，像這種赤子之心和溫馨的感性，正是文學所需要的。

愛情和死亡，生命中無法避免的歡愉、慘痛，也能帶給我們很多啟示，逼使我們在往後的歲月中，變幻出各種人生處境，不斷地呼喚你、衝擊你，所以，愛情和死亡是詩的大礦藏，凡對它敏感、體驗深刻的，多半是創作泉源不斷的人。

還有，對節氣的感應。《文心雕龍》記載，陰氣使萬物黯慘，陽氣使萬物舒暢，大自然景色的變動，也深深地感動了人心。當陽氣初生時，洞中的螞蟻就開始走動；當陰氣初凝時，螳螂就很少吃蚊蚋了。連微小的昆蟲尚且受到感應，可見四時的變化，對萬物的影響是多麼地深遠。我想只要自我想想對四時的變化有沒有知覺，就能判斷自己是否有寫詩的潛質。

詩人的第二階段是內在湧現的階段，也就是噴泉時期。這階段呈現青年詩人的典型特徵，聽了一句話，想到一件事，看到一景象，馬上就會有一首詩出來。這個時候的創作泉源，就像人身體的賀爾蒙一樣，不需苦苦挖掘，自然而然地就出來了。過了此階段後，開始慢慢又有分別，有的人能繼續寫，有的人卻無法持續，因為有的人能在噴泉期為自己走更長遠的路做好準備。所以說中年以後才情便不足恃。中年後還能夠寫詩，所依賴的是外在的發現與尋找，以不斷充實其內在，乃能成為終生的詩人，進入到第三階段。

通常具有優秀潛質的詩人，經歷了第二階段，往往也鍛鍊好了第三階段的條件。如果從未經歷第二階段，當然不可能進入第三階段。到了第三階段時，所有的詩觀、詩的方法、表現都已經成熟。在此階段，如果想要檢查自己還是否為一個詩人，通常要看的是其內涵是否充裕，也就是知性的儲積深不深厚，是否時時可採用？聯想力是否枯竭，也就是感性是否日日長出新芽？西方許多大詩人，在七、八十歲時，還隨時可翻轉出新的階段，創造新的高峰，原因正在於他們已建立自己的體系，無論是在知性或感性上。

影響的焦慮

談到如何看待上一代對我們的影響，這牽涉到模仿、學習、師承或所謂文學臍帶的問題。事實上，我們很難逃避上一代詩人的影響，也就是說我們的詩，很可能是很多別人的詩的化合物。既是化合物，則已非原物，在化合的過程中生出不同的東西，問題只在我們自己是否有意讓它新生。通常，我們衡量一個作家通俗或者嚴肅，就是以是否有心創新為評判基準。

在座的青年學子，應多找些文學老師，作為自己學習的對象。開始時，不必避諱模仿。你接受十分，能從中化合產生一分新的東西，就是很了不起的突破了，你肚中詩或文學的高度，又向上提升了一點。如果看了十分，只學了九分，沒有新的東西，雖然學得很像，也不值得高興。我有一首詩〈外星人日誌〉，是仿聶魯達 (Pablo Neruda) 而寫，我模仿它的形式，以及敘述觀點。我不覺得這樣的模仿有何丟臉，因為我們對自己的中文能力有信心，可以掌握它，對愛情的經驗與聶魯達也不一樣，透過前人的啟發，可以帶我們走到平常走不到的地方——無論是在形式上或內容的表達方法上。

以臺灣詩壇而言，我是所謂的「中生代」，不像一九五〇、六〇年代即活躍於詩壇的「前行代」，他們的現實環境雖然艱困，但卻是一個能夠使人孤獨創作的環境，鼓舞他們做多方的嘗試，喝采的焦點也容易集中，馬上變成文學界的傳奇人物。中生代承受上一代的影響，在其籠罩之下，當然會有「影響的焦慮」感。不過，以我的經驗，其實不需要過於焦慮，你只要有信心有想法，不以模仿為滿足，有一天自然會有所突破。

然而，以今天的環境，年輕詩人想要出頭，更形困難了。在這裡我不是強調出頭，而是強調文學尋找知音，如果能有知音的話，會鼓舞你做更大的開創，展現更好的成績。目前的社會組織是屬於一種扁平式的發展，我們從個人工作室的興起、獨立企業的眾多、以及單位命令層級的縮減，都可看出端倪。整體來說，打破領導者的神祕面紗，避免二手間接，縮短了指令流程。它對文學的影響是權威不再、英雄消失、大師的光環減弱、表現方法的多樣化。大詩人不再大，小詩人也不再容易聚焦而出頭。詩的樣貌、技巧雖多，因為聚焦不容易，所以我們不知道讀者在哪裡。由於狀況不確定，一九八〇年代中期以後，詩的創作方法非常混亂，褒貶也不一致。例如詩人陳克華的《欠砍頭詩》，有駭俗的性器官以及性動作描寫，有人覺得前衛、有何不可，也有人批評它是聳動、嘩眾取巧。我想，臺灣詩壇相應臺灣社會多樣化的變遷和發展，這是必然的現象。

兩種心態，五個傾向

就社會與詩的辯證關係來看，我們如果有心創作詩、評斷詩，對這些稍加瞭解，比較能夠知道應該放在什麼位置來看。今日的文化成品，大部分結合了商業機能，做通俗性的設計，文化已成為有人買、有人賣的商品。這當中包含兩種心態：一方面是自輕，期待賣出；另一方面是瞧不起，不相信買不到。因為要量產，所以比較粗糙。在文化的表現上，只求短時間有用，不求永久；盡量縮短人性化的運作過程，而呈機械式的輸送；

訴求非常清晰，因為去除了心靈的複雜。在文化個性上，為了迎合幼稚，而有年輕化的趨向；為了迎合大眾感覺的遲鈍，所以追求性感刺激；為了迎合人心的虛假，所以有詭異狡詐的東西。

如此環境，影響到詩的創作，呈現幾個傾向：第一，大量仿製的詩，取代了心靈直覺的詩，特別是年輕一代的作品，看起來很有知識，有嚇人的語詞，但是沒有感覺。第二，方法典範的瓦解，下筆但求新、求爽，不管別人接不接受，認不認同。第三，詩人的最高價值——唯一的身分，受到衝擊。我們看中國傳統的詩人，以寫詩為業，追求寫好詩。但現在的詩人，不僅介入書寫的類別非常多，可能介入散文、時論、小說等各種領域，也參與時尚活動。對詩的忠誠度，已經動搖。第四，詩的溫柔敦厚性格受到排擠，這是受到社會風氣開放、人倫瓦解等因素的影響。第五，大量複製快速傳播的資訊，淹沒了詩的閱讀。所以詩對當下讀者的影響減低，有時反不如廣告、口號、標題句的影響。當然，在這樣的時代中，仍然有人堅持自己的美學，與現代主義時期的詩情並無差異。大概掌握了社會變遷的情勢，也認識到詩在巨變中，伴隨而生的一些變化，我們才知道自己要如何走，不致隨波逐流。這些現象都無所謂好壞，主要在於我們認清並按照自己的性情和特長去選擇，就不會徬徨頹喪。

接下來反省的還是意象的經營，除了前面所談之外，這裡必須再做一點說明。很多青年詩人強調意象——把心中感覺、意念投射在外在事物上的技巧，挖空心思搞意象，而以之為唯一武器。殊不知意象在詩裡面固然重要，但它應有流動、發展性，形成自主的詩的情境空間。也就是說，一首詩，我們看它的好壞，不只是講究字句，有些詩有句無篇，算不得好作品。我們要求的是：它所搭建的空間很寬敞，建築的手法很優美。我們不要繁複到失去閱讀聯想空間的意象，也不要奇崛驚人卻互不相屬的意象。意象應存在於詩人的生命律動裡，也就是說，一個詩人如果有很好的心靈空間，其中又能不斷孕育意象的果實，進而發酵成象徵的酒，就會有源源不斷的作品誕生。

社會參與，生命情態

講到詩人的社會參與，楊牧告訴我們：「介入社會，而不為社會所埋葬。」一個詩人的精神感應，不要侷限於一時、一人、一地。太侷限於人、時、地的作品，經不起時間變化的考驗。但一個詩人，也不能只是風花雪月或不干世事地活著。因為詩基本上就是一種絕對的意見——對世間事的不平苦難，表達出沉痛的看法。在西方國家，詩人往往是社群中的異議者。一位詩人應不斷提醒自己：「保持清醒，不要同流合汙，不要溶入眾多的腐敗當中。」詩是詩人強大的武器，是顛覆不義的工具，所以詩人固然需要掌握藝術創作的主體，同時要用批判的心，不斷揚棄自私的自我，調整觀看客體的世界。

另外，要談的是詩人的生命情態，到底是追求確定性，還是不確定性？答案當然是後者。其實人生的一切都是不確定的。詩既然是趨向於自然、用現象表現原理，詩人如何使自己保有動盪的生命情態，就十分重要了。

我有時告訴自己，基於現實生活、社會責任要求，我必須保有固定的生活軌跡，但儘管身體按照一定軌跡，心靈則可海闊天空。要擁有躍動的生命情態，可以藉由閱讀或旅行取得，未必需要經歷真正動盪的現實。歷史上，杜甫經歷安史之亂，所以寫出深沉、渾厚、悲鬱的作品，蘇東坡不斷遭受貶謫的生命歷程、辛稼軒有他難以負荷的國事亂局、李商隱有他痛苦的愛情體會、李後主更是才命不相當的典型。「國家不幸詩家幸」，說的就是這個道理。

目前，臺灣充滿著各種路線、方向的爭議，種種情況，都考驗著詩人的認知判斷，也左右詩人的生命情態。所以，我認為這是一個寫詩的大好時代。從這點，我們也就可看到為何輓歌往往比頌歌有深度，悲情永遠比逗樂來得動人。我的新詩集《不安的居住》（九歌出版，一九九八年），表達的就是生命不確定的狀態。

城市化，現代化

最後，談談城市文學。臺灣社會最近這些年發展得非常快，破壞也很快。整體來講，社會的城市化、現代化給詩的創作，開啟了一個新的疆域。在這之前，我們看到田園詩或山水詩在中國傳統詩裡，已有很豐富的成果，前人的表達方法，我們也很容易取法、借用。但是，現在現實變了。一九五〇、六〇年代，詩人抱著懷鄉心情歌詠田園；一九七〇年代，城鄉已對立起來做比較；一九八〇、九〇年代開始，很多創作者直接用筆去擁抱城市、介入城市，把城市當成自己的田園，看待都市就有如看待自身，不再像懷舊詩人的心靈，置身境外，冷眼旁觀。以詩人林群盛寫的〈那棟大廈啊……〉一詩為例，寫他走到一棟大樓裡，看到欄杆上面一些很詭異的圖像。走近欄杆，往下一看，發現一個巨大的心臟在跳動。從心上蔓延出二根大血管，分支出數萬根的微血管，繚繞糾結在內壁，充塞整座大廈，應和著自己的心跳。他很惶惑地看著在血管中流動的液體，輕聲地問說：「血管中流動著什麼液體？」欄杆上雕刻的怪獸流淚說：「流入的是悲傷，流出的是孤寂。」誠實而敏感的現代詩人把自己和城市結合，變成新時代的田園，他認真地看待、化合成自己所擁有，真正感覺到悲傷孤寂。這大概是一整代人的感受。臺灣東部淨土的文化政策和都市計畫，如果沒有好好保護的話，將來也無可避免要面對這樣的情勢。

如果，生活的處境是詩人無從逃避的事實，那麼現代化、城市化那種末世繁華，自然是我們應該去認識的。我自己出身中文系，部分創作方法來自中國古典文學的薰陶，但我也力求多方面涉獵，以突破傳統思維形式。面對紛至沓來的新生景象和事物，最後我提出這點小小的反省和各位朋友共同來關心。

——原載一九九五年一月號《東海岸評論》

在散文創作的檯面上

——小論簡媜

一九九四年三月我為《簷夢春雨：當代臺灣十二大散文名家選集》所作的調查，三十七位文壇人士心目中的優秀散文家，中青代自一九四七年次蔣勳以降，正以寬廣的知識涉獵、新時代的眼光、語法、詞彙，和上一代以生活經驗為實體的散文家，形成分庭抗禮之勢。「散文接班人」中，尤以簡媜的形象最突出，所獲掌聲也大，即使前些年她的作品偶有心情過度包裝的現象，大家也看作是為白話再生而練功，寄以期待。

繼一九八七年《月娘照眠牀》、一九九一年《夢遊書》，一九九四年出版的《胭脂盆地》是簡媜散文世界的第三座標，以新新人類注目的酒瓶裝新舊人類合成的酒，用各種長短變焦的鏡頭寫人——識與不識、名與不名的浮世男女，也許交臂過，也許只是擦身；一筆一筆靜靜勾畫，作者往往不直寫，而以自己的精血吹度到對方的氣脈，更教人驚心。

短文唯恐浮淺單薄。《胭脂盆地》獨能以玻璃般的鋒利寫實及虛構之無稽有趣，兼致情理之繁複細緻，既建構生活美學，時常還有長人見聞的「發明」。

不只是單口相聲式的〈大憂大慮〉、開大頭春週記語氣先聲的〈給孔子的一封信〉、意識形態廣告手法的〈三隻螞蟻吊死一個人〉；像一具五彩的話匣子，全書更溶入秀場口技、說書機趣、綿裡針式的潑辣，在「扯蛋」之餘附贈一張撕下來會痛的膠布。

如果只能做選擇性閱讀，我建議挑第四輯〈大踏步的流浪漢〉看，其趣意令人聯想到電影《銀色・性・男女》的腳本 *Short Cuts*，由短鏡頭串成一組深刻的面相。

一九九四年，簡媜除推出這本書，另有大雁版《夢遊書》、《下午茶》舊編增刪，交由洪範重印。我在《簷夢春雨：當代臺灣十二大散文名家選集》裡曾以「繁花熾燃的燔火」形容她，這個意象不僅指語言之美，更有品類繁盛的生生之意。她用寫作成績證明。

與簡媜同時併肩於散文創作檯面的作家：陳列投身政壇，阿盛忙於寫作私淑班，吳鳴當了史學教授，陳幸蕙專寫青少年讀物，高大鵬往時評上發展，林文義宣稱要改寫小說，劉克襄的自然寫作和蕭蕭的校園題材型格已定，林清玄的教化菩提裡再也看不到文學的惡之華；至於莊裕安，新獲吳魯芹散文獎，正在沉吟下一步如何走。不同的轉變印

不能遺忘的遠方與今世

——自剖六首詩

我從一九七二年開始寫，至今（一九九七年）整整二十五年，如果我可以寫作到七十歲的話，那麼還有二十五年寫作時間，因此現在可以說是我寫作的中界點。法國文學社會學家艾斯卡皮 (Robert Escarpit) 曾經做了一個統計，發現很多重要的書，是在作家四十歲左右的時候寫成的。四十歲可以說是決定一個作家的形象、他的創作位置的很重要的年齡。此刻我的年紀，在我自己的創作生涯中，非常重要，因為非常重要，因此也就特別地在乎，特別地焦慮。這幾年自己很努力地想在創作上，多做一點突破，原因也就在此。這是我第一點所要表白的。

第二點，一九九七年，我被推薦獲得第二屆詩歌藝術創作獎，在得獎感言中我說：「二十五年學習寫詩的過程，往事多有漫漶不清者，而詩的見識與實踐，卻歷歷在目。

初作的一九七二年，宛如昨日，對應眼前的一九九七年，形成我人生最純淨的形式，最有意義的布局。感謝賜我追求之心的人與環境。詩存在於如詩的生命嚮往中，人世間再沒有比這個更尊嚴的了，我會永遠與卑微、脆弱、苦痛掙扎的心靈站在一起。」

什麼是「如詩的生命嚮往」呢？就是無窮訊息的生活。我們的生活之中，充滿著歡愉、惆悵、憧憬、苦痛，在這種種的起伏波動中，都藏有訊息，這些訊息，就是詩的源頭。

至於詩人要站在卑微脆弱、苦痛掙扎的心靈那一邊，這是詩的終極關懷。

生命的嚮往那一部分是喜悅的，儘管其中可能也有苦痛，但是因為它有一股吸引力，因此對創作者來說，就是喜悅的。而後者呢，是悲憫的，是人世間的關懷。二者合一，就是詩對我的吸引，也是我對詩的認識。

這二十五年的磨練，最大的收穫，就是我始終保持著對人生的一股熱情和理想。因為「詩」而清理掉生命中一部分虛妄、可厭的追求，對人世間的權位能夠看得比較淡一些，發覺那些都是過眼雲煙。詩變成我最高的價值，因為不斷地去思考，穿透事物的表象，使我對生命的真相，更加地理解。有了這樣一個思索的過程，生活就顯得有情有義而不至於麻痺。

這些年來，我在創作上的心得，就是愈來愈能掌握一種創作的「分寸感」，這「分寸感」不是技術的問題，而是一種神祕的感覺。有了這種神祕的感覺，題材、語言或義理就都不是下筆時的問題了。神祕的感覺是寫作的竅門，只能體會而無法言傳。我相信，即使是世界級文學大師也很難說明。好與不好之間，常常不是技術問題，而是所謂的「分寸感」。

艾斯卡皮曾說：任何一本書，都有一個跨不過的「被遺忘的門檻」。因為現今書大量地出版，但很快地就被人遺忘了。書擺上書店平臺，幾天後就被收到倉庫去，再也難見天日。這是一個「書災」的時代，很多書都跨不過「被遺忘的門檻」。艾斯卡皮告訴我們，如果一本書能經過十年、二十年而不被遺忘的話，那麼它就很有機會走進文學史，很有機會被留下來。前輩詩人瘂弦就是一個很好的例子。一九六六年以後他沒再發表詩，但是他的詩集《深淵》依然存在著，往後大概也就存在下去了，因為已經超過了三十年的檢驗。我自己很希望我即將出版的書，能夠有機會挑戰這個「被遺忘的門檻」。

一九九八年，我的新詩集，定名為《不安的居住》，分成四卷：第一卷「家族相簿」；

一匹失去戰場的馬越過河對岸／河水張開鬼綠的嘴／吞沒馬上摔下的兵

第二節講我母親的事。我母親與父親婚後，因戰事而未曾相聚，輾轉流徙於大江南北。有一次母親在逃難的火車上，得了痢疾，幾乎喪生。她曾在火車中途停駐時，到野地裡拔了一頭大蒜吞下，後來身體才逐漸有了生機。我構想情景，把痢疾膠合上火車的意象：

一列染患痢疾的火車停停走走／無辜的人像黑夜在曠野／追趕旋飛的黑披風

當我母親向我敘述那件事時，我只覺得「黑呼呼的一團」，火車嘶吼在黑暗的年代、黑暗的曠野中，有一種掙扎恐慌的情況，於是有了「黑披風」的聯想。第三節，是我的閱讀經驗，我把它組合進來：有一幅普立茲攝影獎作品，畫面中一隻兀鷹瞪著一個小女孩，這小女孩蹲伏在地上，背景是廣漠的荒地。這小女孩原想到一救濟站領取食物果腹，中途不支倒地，兀鷹等著要吃她。這張照片強烈震撼了我，讓我看到戰火飢荒對人的迫害。第四節又是我父親的故事：他被共軍俘虜後獲釋，心繫妻兒，茫茫然不知該去何處。在一個小村落，碰上了一位測字先生，他想測他的親人在何處，於是寫了一個「亨」字。「亠」部父親慣常寫成「二」，測字先生拆解了那個字之後說：「二口了」——那兩個人都死了。我父親一聽，萬念俱灰，老家也不回了，繼續往南流浪，到海南島，最後跨海來到臺灣。我因此寫道：

然而我的父親仍一路背叛追逐的槍聲／向南，我的母親一路捨命／收買破碎的流言

這首詩，大多是我所聽聞的事，我將它們的情境統合起來，很自然隨意地想到〈野餐〉這個題目。每一節都呼應著野餐的意象，如第一節「張開鬼綠的嘴」；第二節「染患痢疾」，「痢疾」是因「吃」而拉肚子；第三節中的「兀鷹」，想吃小孩；第四節，則是以測字先生破滅了我父親的夢想，「強迫大人在夢裡也斷炊」，說明夢已經作不下去，已經斷糧了。我想，經驗與藝術的處理，就是這麼轉化的。

遲學

〈遲學〉寫我就讀補校的母親。我母親在六十歲時雖然眼睛花了、體力也衰弱了，但對於「認字」還是有一份嚮往。當時，她想唸書，跟她想要背佛書《心經》有關，於是我寫：

誦讀般若婆羅密多心經／二百六十個黑字像／二百六十座法輪／中間那顆舍利子／是她識字的心願

我們都知道舍利子是經過多少的願力經烈火焚燒而得，這具體的形象，就好像我母親想「認字」的心願，需要許多堅持意志的灌注。詩的表達，其「意、象、言」的結合，有時就是這麼簡單。第二節中，我寫道：「上午她唸神／下午就唸困／晚上怯生生地提了書包上學去」，把我母親學習認字、上學的情景，作了一個比較動態的演示，而不是邏輯性語言的交代。老一輩人學習注音符號，相當吃力，有時我教母親拼音，逼得她眼淚都快掉下來了。我之所以選用這些生活上的經驗，當作創作的題材，並不是特意的，大概就是所謂的「分寸感」的觸碰，我覺得這些經驗，很能夠讓我的讀者認識我所要表達的母親遲學的情景。

此詩倒數第二節：「照見五蘊皆空，度一切苦厄」，是從《心經》中摘取而來的。「坐在晚餐的桌前／垂眉斂目，時常，母親／像一尊流淚的菩薩」，也是從前面的意象發展而來的。寫作的人發掘了一個意象，要繼續關照，不要讓它成為一個孤立的意象。如此意象才是有活力的，才可能感人。而意象之所以感人，是因為它會「流動」、「膨脹」，它會形成一種情境。在詩的最後我說：

心經垂照她鼻端的老花眼鏡／晃動的波光是／涕泗交織的歌

母親學認字時，補校也教唱〈何日君再來〉、〈月滿西樓〉等。母親唱歌的印象在我腦海中；母親認字時痛苦的、被逼出淚光的印象，也在我腦海中。當我要寫出一個年紀大了之後，才要學字的人，那種「延遲」的感覺最為強烈。

「遲了」的感覺，是我在最後一節所要表達的：

音階上站一扎髮辮的小女孩／失去又尋回的青春律動啊／何日君再來？她唱道／君是不可挽的人間年少嗎

這既是我母親就學時要唱的歌，同時要表達的，也是人生許多歲月已消逝了的感慨。

坐在霧動的屋瓦上

〈坐在霧動的屋瓦上〉寫我個人的一個奇特經驗，和出生地花蓮有直接的關係。我小時候住在重慶街六號。在我記憶之中，它是一座日式建築，庭院中有一棵橄欖樹或欖仁樹，家前有一條河，河裡漂著整棵原木，河的對岸是田野，再遠處就是大海了。我哥哥曾傳述一件事，說他小時候，因為「手笨」而逃過一劫。當時一群小孩，雨後貪玩，跑去河裡游泳，我哥因為不太會解扣子，動作慢，還未跳進河裡，一個聰明的、手快的小孩，叫皮娃，已解好了扣子跳進河裡，水流湍急，結果他沒能再從河裡起來，一直沖到海邊。小孩們看到同伴不見了就哭了，一排人哭著走回家去。一九九三年我重回那座老房子，作了一次記憶上的巡禮，結果就在巡禮之後兩個月，老家被一把火燒掉了。我朋友寄給我好幾張老家化為廢墟的照片，我感覺那座老家，好像等了我三十幾年，讓我看過才瞑目，於是我寫下此詩：

每逢起霧就想起／那棟老厝，在花蓮／重慶街，浸在火焚的煙霧裡／看不清楚／像曝光的照片只露出／一列屋瓦

童年中的印象和廢墟照片中的影像疊在一起，老家周遭的環境，像攝影中曝光後消失了，那列屋瓦成為記憶中飄浮的屋瓦，我好像就坐在那屋瓦上：

三歲的我坐在霧動的屋瓦上／霧在花蓮的清晨裡／迷濛的眼睛看不到火車，從山巒／蜿蜒而來的鐵路，只隱隱感到震動／自遠而近，自天外而來／河，似乎也從天外來／暴雨的流勢湍急，皮娃他潛入波中／藏住頭，久久不出來／河又向

天外流去，於是／哥哥那班人拎起他的衣褲，大聲哭了／排著隊從花崗山的方向走回來／一個挨一個／走入時間的負片，家的盡頭／走入一扇扇關起的門

浴火後的老宅，也好像一張底片曝了光：

像遲遲不褪的閃電那場火／黑夜開始，怒衝的火苗使花崗山也曝了光／天亮，四十歲的我拎著一具四十年前的／老相機，獨自在二月的下午／孤伶伶走回去／……聽遠處鋸木廠的電鋸聲，火車空隆隆響／火舌在鏡頭裡突突向高空衝／有人著慌地吼：六號，是六號嗎……／其實，四周安安靜靜什麼聲音也沒有

這首詩最主要的經營，就是時空。空間有滄海桑田的更換，而時間則是四十年後和四十年前的對應。我用一點「魔幻寫實」的手法，主要是不想落入邏輯語言的敘述，希望情境能自動地呈現。

雅座七〇年代

接下來，談〈雅座七〇年代〉這首詩。在一九七〇年代，社會還未開放，男女幽會常去的地方就是咖啡廳，那時的咖啡廳都有「雅座」，像火車上的座位一樣，直直的高高的椅背，情人喜歡在這黑漆漆的地方約會。當服務員拿著小手電筒領人走進時，可以看到一對對的戀人在封閉的空間摟抱在一起。有時還嘖嘖有聲。比起現在，雖然較壓抑，但也蠻神祕、蠻有意思的。我就想藉七〇年代雅座這個特殊景點，和那有點開放又仍有壓制的時代空氣，作一點聯想：

所謂祕密就是／七顆鈕釦只解三顆／黑暗的甬道／透入一絲絲光的遐想／和喘息

這是描繪雅座實際的情況，故意有一些不明說的，所以也有一些情慾勾引的張力，僵持在某一個臨界點上。

雅座，就是那個時代的意象。我說：

論口風之鬆緊／那年代只關心路上的草繩

一九七〇年代還是一個反共抗俄的年代，「匪諜就在你身邊」的年代，所以看到草繩會想到一條蛇。

誰管田裡的蚯蚓／要不要把禾莖放倒／把新穗剝開／要不要嗅一嗅／生腥的氣息

那個年代是不管個人需求的。這五行，我講情慾的揭露：「禾莖放倒」要躺下來，「新穗剝開」要裸露出來。我並沒有給答案，文學的創作是不必答案的，它只是把一個現象表達出來，寄託在一個大的背景氛圍裡，讓大家去思考。接下去我說：「去做薜荔／因為有一座高牆可以攀附」。薜荔，是一種藤狀的植物，此處寫它，也是要藉它聯想雅座內的景象。「覺得窒息／因為緊挨的水壩進行壓迫」這二句，寫的是肉體的水壩，可以是女性的乳房，也可以是男性的性慾，也可以說是時代的感覺。「所以暈眩／因為沒有光」這句，則是用倒裝的句法。「因為貓叫而不知要幹什麼」，這句要表達的則是那個年代，普遍的一種心理。

住在衣服裡的女人

〈住在衣服裡的女人〉這首詩，題目取自張愛玲的散文〈更衣記〉。她說：「在政治混亂期間，人們沒有能力改良他們的生活情形。他們只能夠創造他們貼身的環境——那就是衣服。」然後她說：「我們各人住在各人的衣服裡。」我覺得說得非常巧妙，當時我正在寫一篇談臺灣戰後世代女詩人的服裝象徵的論文，寫完之後，覺得那些文本還有一些未觸探到的心理空間值得發揮，於是就寫了這首詩。這首詩用了許多衣服的意象，譬如夜衣、牛仔褲、開叉裙、襯衫等等，可以說是一首溫柔的情慾詩：

牛仔褲是流行的白話，寫著詩一般騰躍的短句／開叉裙有古典的文法，銘刻了

長篇的祈禱詞

這是依據牛仔褲、開叉裙所做的聯想。牛仔褲給人輕鬆活潑、自在隨意的感覺，開叉裙則給人較為古典、莊重的感覺。

春天一呼喊，妳絲質的襯衫就秀出兩朵／粉色的花苞給如夢的人生看／然而我知道，真實的祕密總隱藏在身體的櫥窗裡／「打開看看吧！」妳含笑的眼神時常這樣暗示我

鏡頭從外觀的胸部到想像的身體內裡，直接引述一個挑逗句，更是希望造成生動逼真的效果。

此詩第四節「千百個櫥窗」，表示不同的衣裝，就像不同的櫥窗一樣：可以讓人聯想到百貨公司的櫥窗，也可以解讀為你所認識的某一個人，在不同日子的不同穿著。

我從衣服進一步講身體的誘惑：「自是日妳深潛我夢中撐開一把抵擋熱雨的傘」，傘

是男性器官的象徵，「撐開的傘」，指的則是那種興奮的狀態。倒數第三行「帘幕半遮的門」，指的是女性的器官。不管讀者是否喜歡，這樣的情慾詩有性別意識在其中，有時代流動的心理在其中。

選戰

〈選戰〉這首詩，是我在陳水扁、趙少康和黃大洲競選臺北市長時所寫的。當年臺北市幾近瘋狂，大家追著政見發表會跑，接收到各種不同的訊息。我用「考試卷答題」作為構思切入點，用一種比較新的手法來表達一個老的主題：

> 選擇題怎能以是非題作答？／昨晚，他的競選總部被砸／他強烈譴責一群不
> 明身分的人士

我的意思是在選舉中，也許難以論斷誰是誰非，但候選人總要用「你死我活」的方式作為訴求。接下來：「申論題怎能以選擇題作答？」候選人各自的立場主張，不一定能用

A或B或C的「選擇」方式解決。我試圖以淺白比喻的說法，吸引讀者繼續往下看，去瞭解情境：

被迫升高的議題，在火線／他要求群眾用遊行表達支持的意見

結果，有人在電視上被消音，有人用假民調宣傳，有的選民跟著隱藏起來。這首詩選擇社會性的議題當作題材，意圖表達其中的不妥、不安，其巧妙只在於，用了「是非／選擇／申論」形式影射選戰現象。

附帶提一句，我的近作〈陸上交通〉和〈政治事件〉二首，是有點實驗性質的「戲作」，不用邏輯敘述的語言，轉而希望在「鏡頭」與「鏡頭」之間，帶給讀者一些自由的聯想。

——原載一九九七年十二月七日《更生日報‧四方文學週刊》

我的朋友王浩威
——兼談醫學散文

儘管認識王浩威許多年，陸陸續續在不少場合聽他評論創作、分析思潮，或自述學思歷程、處事方法，對他真實的世界卻仍然諱莫如深。

他究竟是怎樣的一個人？除了未婚，少掉一點紅塵牽絆，他也談戀愛、上班、開會、旅行，遊蕩於劇場、pub、喝酒、聽 Band、閒聊天、睡覺……他究竟拿什麼時間看書，思想？在知識海裡，他究竟涉獵多寬、沉浸多深？為什麼大家總樂與之親近，甚至嘴上愛掛著「我的朋友王浩威」？是那一顆智慧的大腦袋嗎？是樂呵呵一張彌勒佛般的笑臉嗎？

像王浩威一樣淵深的學者，大有人在，但鷹揚踔厲之氣溢於外，太銳利了；像王浩威一樣興趣廣泛的人，大有人在，但遊方學藝之味不足，太單薄了。沒有架子、沒有距離、不搶話而善於傾聽，你說什麼他似乎都懂，你說錯了也不怕他暗自皺眉，這是朋友（公眾）面前王浩威最教人傾服之處。

文學的王浩威最初的事業是詩。除掉「全國學生文學獎」的光環，一九九〇年他更以〈我和自己去旅行〉一詩勇奪「時報文學獎」新詩首獎。詩集《獻給雨季的歌》紀錄了他在這方面的成績。一九九一年王浩威任職於花蓮慈濟醫院，雄山秀水的環境召喚他關心地誌、關心族群、關心人心深處及歷史變化的光影，他完成了散文集《在自戀和憂鬱之間飛行》、《海岸浮現》，筆法自然細膩，情感醇厚堅實，最可貴的是題材的開拓——為散文創作探勘了新路。

兩年前，在一項散文推薦獎評選會上，我曾推薦王浩威，雖未獲全體贊同，以致未得獎，但他的筆展開的醫學世界、心理奇景，無窮曲折繁複、觸痛心弦、引人悵憾低回的生命圖像，的確是世紀末後現代社會最能把握「時代感」的文章。

就以《臺灣少年紀事》這一本書看，再次為我們揭示了一個豐盈的內心世界，這個世界告訴我們生命本身就是難題，不同的人事地，共同或類似的因子，造就出環扣相生的傷痛。書中，有的人厭食，有的人躁鬱，有的人時常失神，有的人害怕失敗；有的人失去自我，有的人不知如何表達自己；有的人不由自主冒出穢語，不由自主就去掀路人的裙子，錯愕、沮喪、恐懼、掙扎、恨……以及諸多「不正常」的社會烙印。我有時候會想，你我誰不是病人？生命，原就是一面風月寶鑑，我們不能躲著不去看恐怖醜怪的那面，只有在淋漓的血跡注視中才能參悟人世的輕重，看出生命的真假。倘若一意只貪看「美好」的影像，不免有趨於麻醉自斃之虞。

面對這許多EQ的故事、診療的個案，王浩威扮演了一位深具同理心的傾聽者。他知道那些病歷是一個個病人用滴血的生命寫出來的，他視病人為帶著「訊息的使者」，他和他們交換生命的訊息。

王浩威說過：「精神科的門診比文學或電影還精采，每一個案背後的故事其實都比市面上的小說來得引人入勝。」《臺灣少年紀事》正是一本講述精神科門診個案的書，醫學與心理分析的專業知識、詩的同情與小說的情節，使它成為近年來罕見的動人的文學（散文）書。然而，因為出版與行銷定位的關係，我又唯恐它被書店「慣性」地劃入「非文學書」中，那麼，雖突出了醫者王浩威的形象，作為創作者王浩威的苦心就會被忽略掉了。

——原載一九九八年二月十五日《中國時報・人間副刊》

籠天地於形內，挫萬物於筆端

——散文的觀察

談論現代散文，若仍沿用古人「文、筆」之分，「有韻、無韻」的歸類，對釐清散文的概念，並無幫助。「韻文」中許多辭賦，如〈卜居〉、〈漁父〉、〈登樓賦〉、〈赤壁賦〉，其實是散文作品；而所謂的「散文」，有許多篇章著眼於應用，卻又未必可稱文學。何況，現代文學對詩、文之劃定，早已摒除有韻、無韻的因素了。

一九九四年春天，我選編《簷夢春雨：當代臺灣十二大散文名家選集》一書，在〈誰是當代散文大國手？〉的編序中提及「散文之散，非如手札般無結構，它指的是文氣的瀟灑」，與大陸學者朱世英等人後來所述「散文之所以稱作『散文』，正反映了這一文體類似『餘霞散成綺』的舒卷自如」相感通。

試作一感性的比喻：詩似朝曦，小說似赤日，散文如霞光，戲劇好比星空。散文不像朝曦那樣照眼清新，不像赤日那樣當頭強悍，也不像星空有一座深邃的舞臺，但它在「舒緩自在、千姿百態」這一方面自有迷人之處，光芒或短或長，就在眼前直接照映出現實生活裡泱泱的文采，大有賞讀之意趣。當我們說新聞報導、學術論文以及應用性文字不是散文時，是因這一認知。使我們敢放心地將諸子散文（特別是《莊子》）、史傳散文（特別是《史記》）置諸古典文學廟堂而無疑，也在於「賞讀意趣」這一標準。

顏崑陽對散文有一更絕的比擬，他說：「小說像長江，散文像分布在江南各地的細流。長江雖然水量集中，波瀾壯闊，一時懾人心目。然而，真正和廣大人群的日常生活密切結合，雖沛沛而不可或缺，雖紛歧而到處都有的卻是那些細流！」表明散文反映人生層面之寬、角度之多、與生活關係之密切，非其他文類能及。

散文名家譜系的年輕趨勢

評斷現代散文之優劣，與評斷詩、小說、戲劇作品，講究新穎、深刻、完整、動人，並無兩樣。好的散文家，氣質雍容，視野寬廣，思維細密，必能深體本國文字之文化意涵，表現優美精粹的生命情境，了然一切藝術創造的精神——寫實與虛構相融，自然與詩飾不相排斥；學問與見識，更不能少。散文家一旦欠缺學力，就只能寫寫身邊兒女瑣事，抒抒輕愁感傷，或賣弄小聰明耍耍嘴皮子了。在人物、事理、情態等人間典型的塑造上，散文家不僅責無旁貸，更應有異於詩人、小說家的長才。

新文學運動至今，散文的收穫，從來就不遜於其他文類。三十年代以前的名家，包括周作人、許地山、朱自清、豐子愷、魯迅、徐志摩、林語堂、冰心、老舍、郁達夫、沈從文、何其芳、巴金、茅盾……或嘗試沖澹蕭散的風格，或表現犀利深刻的筆觸，或形之以明淨樸素，或表之以幽默諷刺，「事出於沉思，義歸乎翰藻」，散文因閱讀人口眾多，社會影響最為普及。然而上述一長串名單中，小說與詩的聲名掩蓋過散文者高過七成，他們大都是拿著小說家或詩人身分證，而不標榜散文家。可見散文的藝術性格不完全鮮明，不像詩與小說有較極端的藝術潔癖。

日據時期以及光復初期，臺灣新文學創作，也以小說和詩稱蓬勃。一九五〇年代以至七〇年代，雖然出過梁實秋、徐鍾珮、鍾梅音、張秀亞、琦君、陳之藩、吳魯芹、子敏、張曉風、言曦、王鼎鈞、林文月、許達然以及跨越詩界兼擅散文的余光中、楊牧等代表人物。散文真正人才輩出的年代，還要推遲至一九八〇年代以後，工商活動日繁，社會活力日盛，資訊解禁，新的思想萌生激盪，一個類似先秦諸子的時代終於來臨了！

二十世紀末在臺灣，輕易可以組出好幾隊路數不同、關懷不同、很難立即判分高下的散文國手，而由於教育的普及，知識的開發，新感性的發揚，散文好手也明顯地出現世代交替的現象。

一九七七年，源成文化圖書供應社《中國當代十大散文家》（管管、菩提選編），入選者：徐鍾珮、琦君、思果、張秀亞、子敏、蕭白、王鼎鈞、張拓蕪、顏元叔、張曉風，皆戰前出生，平均年齡五十二歲。

一九九四年，朱衣出版社《簷夢春雨：當代臺灣十二大散文名家選集》（陳義芝編），入選者：林文月、王鼎鈞、余光中、楊牧、陳冠學、張曉風、黃碧端、陳列、阿盛、劉克襄、簡媜、莊裕安，戰前出生與戰後出生的各占一半，平均年齡五十歲。

遴選作家較多的九歌《中華現代文學大系・散文卷》（張曉風編），作家平均年齡更年輕至四十五歲。

換言之，隨著編選年代的後移，散文家陣容也隨年齡相應調整，老散文家如果不能維持旺盛的創作力，不要幾年，就被排除到隊外了。優秀的散文隊伍，始終有新血注入，年齡層不但沒有「老化」，反有年輕的趨勢，試觀一九八一至一九九六年九歌版年度散文選，戰前出生之作家平均只占三成二，一九九〇年代中期後更是一成不到，即可見當今四、五十歲的中堅代與二、三十歲的新生代已合成臺灣文壇的創作主力（少數前輩名家的風華依然光芒難掩，自不在話下）！

文章之法在人間情理中

一九九八年九歌出版社《散文二十家》入選者平均年齡四十歲，正是法國文學社會學家艾斯卡皮所說的名作誕生的年齡。這一批作家共同的特質：

一、他們是同一時代富有才氣的創作者，在悲憫、期盼、迷惘、寬容、怨恨等真情實感的發抒中，呈現藝術的魅力！

二、他們勇於介入各種人間情境，觀察體會，選擇自己熟悉而深情的題材，表達生命的信仰和追求！

三、他們知道文章之法即在自然之理中，自然之風雲雨雷變化不測，就是文章的活法、變法，所謂「天地之至神也，即至文也」！

在閱讀這些「至文」時，我也感受到：文風的演變、作家的思想，確乎受社會情態之薰習渲染。若問近十年薰習渲染著創作者的「世情」為何？不妨從各家之當行本色找答案，例如：

弱勢的關懷、現實的揭露——陳列、古蒙仁
啟蒙心路的刻繪——奚淞
農村鄉情的見證——阿盛
城市記憶的捕捉——蔣勳
土地、歷史的詠嘆——林文義
民族形象的顯影——高大鵬
親情倫理的詮釋——廖玉蕙、小野
愛情世界的挖掘——曾麗華
生活迷惘的開示——林清玄
人性與人生的批判——顏崑陽
女性心理意識的編織——陳幸蕙、周芬伶、簡媜

海洋文學的開發——夏曼・藍波安

旅行文學的開拓——孫瑋芒、莊裕安

自然保育觀的宏揚——劉克襄、王家祥

舉凡社群發展、城鄉變遷、兩性關係、歷史優遊及生活瞭望、思索、關心……無一不薰染著創作者，於散文作品中投影，從而教我們尋繹出新的意義。也就是說，散文之終極目標，是可以有家族史、社會史、山林史、教育史、學校生活史、政經發展史等諸多思維表現，真正是「籠天地於形內，挫萬物於筆端」！

從前梁啟超的學生吳其昌在《梁啟超》一書中，比擬清末民初文體改革運動中的一班「青年文士」，譚嗣同、夏曾佑、章炳麟、嚴復、林紓、陳三立、馬其昶、章士釗，有如紅梅、臘梅、蒼松、翠竹、山茶或水仙，各有各的芬芳冷豔，然真天縱之文豪，完成文體改革偉業者，唯梁啟超一人耳：

> 叱咤風雲，震駭心魄，時或哀感曼鳴，長歌代哭，湘蘭漢月，血沸神銷，以飽帶情感之筆，寫流利暢達之文，洋洋萬言，雅俗共賞，讀時則攝魂忘疲，讀竟

或怒髮衝冠或熱淚濕紙……

這樣的形容，豈不也是我們對臺灣當代散文家的期待？

——原載一九九八年三月二十四日《聯合報・聯合副刊》

■補　記

二〇〇二年洪範出版社《現代散文選續編》（楊牧、顏崑陽主編），入選者：董橋、黃碧端、陳列、蔣勳、顏崑陽、高大鵬、廖玉蕙、阿盛、凌拂、龍應台、曾麗華、陳幸蕙、林文義、向陽、周芬伶、龔鵬程、劉克襄、廖鴻基、莊裕安、簡媜、林燿德、楊照、王家祥、陳大為、鍾怡雯、張惠菁。共二十六家，平均年齡四十六歲。

二〇〇五年三民書局《台灣現代文選・散文卷》（蕭蕭主編）入選作家：琦君、張秀亞、王鼎鈞、余光中、林文月、陳冠學、隱地、楊牧、張曉風、吳晟、陳列、蕭蕭、彭瑞金、蔣勳、顏崑陽、阿盛、廖玉蕙、林文義、林清玄、平路、陳幸蕙、周芬伶、石德華、劉克襄、夏曼・藍波安、廖鴻基、蔡詩萍、張曼娟、簡媜、瓦歷斯・諾幹、鍾怡雯、利格拉樂・阿嬀。老中青共三十三家。

——二〇〇六年十二月十七日

與孟樊小酌

——兼談小品文

在文學領域，孟樊是一個不斷出發，也不斷告別的人。

一九八四年，二十五歲的他寫下：

春天以後，妳有點貞德／而，我有點歌德／這正是偉大走下坡的時候

顯然已取得了詩人的身分證。但就在大家一致把目光望向他，等著看他如何與繆思共舞時，他一旋身又與從前的自己分道揚鑣了——一九八六、八七整整兩年，他沒有任何一首詩作留給讀者，卻代之以〈天空希臘乎——略論現代詩的語言與概念〉這一類的論文。從此，他專力於臺灣文學與社會的觀察、批判，兼編兼譯，成為文化界一枝傑出的健筆。

在我的印象裡，一九八〇、九〇年代之交，知性孟樊的身影有日漸蓋過感性孟樊的趨勢。至一九九五年出版《當代臺灣新詩理論》，體系建構周密，他的評論聲譽更如日中天。

然而，邁向評論顛峰之際，也是孟樊暫別評論之時。像他這樣具有創作才質的人，其創作動能既不可能消磨於博士班課業，也不致銷蝕於日常工作中，則勢必要有一個新的競技場來安頓他重新出發的夢想。小品文大約就是他近幾年夢的躍場。

自承取法於林語堂《生活的藝術》的旨趣、梁實秋《雅舍小品》的篇幅，孟樊小品，每篇字數一千出頭，談食衣住行，不僅以現實經驗為本，還有心理剖白、學理根據；他帶我們去看一些疏忽的景象，思考一些疏忽的事理，體驗、品味人生，交流共有的時代氛圍、社會感覺，真有「喝杯下午茶」的快意。如果說古人的小品（如〈桃花源記〉、〈與宋元思書〉、〈春夜宴桃李園序〉）多屬抒情記敘，則孟樊小品應為抒情說理。相同於古人閒適之情懷，不同於古人吟唱似的筆調。小品文若近乎詩，「何不以詩來取代」？這是孟樊的體認。

除了「一針見血，讓人有所啟發」外，孟樊小品迷人之處，還在一個「雅」字。雅有文雅、典雅兩重表現，「文」雅表現在比喻精緻、文白交融，論句法則跳接靈活，論義蘊則莊諧配搭；「典」雅表現在有書卷氣而不掉書袋，摘文引句全出之以高明的拿穴手法，引申析理，疾徐有致。我特別佩服〈喝咖啡〉、〈飲酒〉、〈做愛〉、〈接吻〉、及〈穿衣〉這幾篇用音樂家、詩人典故、或電影情節入題的方法，呈現人生不同情景，起興富詩意，而氣象自在雍容。

十幾年來，我從未與孟樊長歌豪飲過，認識僅止於詩文。即使十幾年前，他就讀政大政研所，於《聯合副刊》兼職時，我們在辦公桌前照面，大約也只是笑笑，偶爾說一兩句「看你好忙喔！」的寒暄。然而，他是沉潛內斂的，我牢記他那與人小酌一般的風神！

最近閱讀孟樊即將出版的小品文集時，那風神又再度清晰浮現，透過文字，較諸往昔，更具體而實在。「喝杯下午茶吧！」孟樊說。當中年向青年告別，娓娓交談的幸福向獨行摸索的哀愁告別……我確信，小酌是勝於長歌豪飲的。

——原載一九九八年四月一日《中央日報・中央副刊》

文學獎，我們正在思索
——文學鑑賞的「主流標準」

小說家東年在〈從聯合報小說獎到聯合報文學獎〉（收入聯經出版《眾神的花園——聯副的歷史記憶》）一文中表示：

……要了解我們究竟如何生活過這些年代，這批小說（按：指「聯合報文學獎」作品）可作為史學或社會學的重要檔案。

他先已說明得獎作品是重要的文學史料，藝術價值早經肯定。

這麼說，文學獎的重要性似乎毋庸置疑。然而，這畢竟是精英分子的觀察、思考。一般民眾也這麼死忠地認為嗎？當創作風尚與文學生態迭經變異，評審結構與美學觀點時常顛覆，社會生活變了，閱讀品味變了，一個具有二十三年歷史、已舉辦過二十屆徵文的文學獎，會不會令人有成規老化的疑慮？有沒有典律偏差的現象？

獎一年一年地辦，正像一張大底片，既有多重疊影的豐富，亦必有多重感光的模糊。高額獎金形成的誘惑，誰敢保證沒有人將文學藝術商品化？否則為什麼老聽人批評張三、李四寫作只為參賽，平常並不發表？或更有捉刀代筆之疑團。如何讓這一個與臺灣文學發展關係密切的文學獎，辦得真有成效、更波瀾壯闊，是主辦單位必須時時思索的課題。

為了多了解讀者的想法，在一九九八年「聯合報文學獎」公布的同時，《聯副》特別舉行「我看文學獎」徵文，選登了十七篇具代表性的意見。有人著眼於甄選方式，有人著眼於評審特質，有人質疑獎的設置，也有人激賞獎的價值，更多人卻是不耐煩得獎作品的艱深難懂，說這些作品「忽視」了讀者的接受性。舉例言之：

> 近幾屆有些首獎作品，內容遠離現實生活，過於採用現代派、象徵派或意識流手法，使一些有幾十年寫作經驗的海外作家讀後發出「看不懂」的感慨。（美國・丁曙）

> 被評為傑出的作品，多的是××主義的標籤，讓想一聞文學馨香的平民階級敬而遠之。（輔大・林俊忠）
>
> 遺憾的是短篇小說和新詩的得獎作品往往偏於艱澀難懂……像黃春明那種清明的小說已不多見。（高雄・陳洋）
>
> 展頁拜讀得獎作品……讀著讀著不知怎地竟掉頭轉向，唉！文學已成為一些專業讀者才能看的東西。（臺中・鄧玫玲）
>
> 造成這情形（按：指難讀），就我了解，可能和國際文壇影響不無關係，因為世界各地不同流派紛湧，五花八門……引起作家們跟進模仿。（中和・林衡茂）

以上說法，未必周延，各有可再查究之處，但這樣的心聲，主辦單位不能漠視。這樣的心聲如果反映的是一個普遍現象，作家與文學獎的評審尤其應該思索：為什麼在認知上出現這樣深的鴻溝？

一九九八年大陸《北京文學》雜誌，刊發了兩篇文章（可參閱《聯合文學》一九九八年十月號所選載）呼籲作家關注：

小說的好看，是小說文學價值的根本所在，小說好看是小說文學的最後回歸；而多年來的小說不好看，則是小說的異化，多年來小說的不好看，是小說文學價值的削弱。

如果連優秀的頭腦也不愛讀我們的小說，如果以表達人類的存在為初衷的小說已漸漸失去了活力，並可能成為人類生活的多餘之物，那麼我們是否應該好好想想這個「小說越來越不好看」的指責？

同樣的指責也存在於臺灣，不光針對小說，其他的文類也有相近的情況。虛榮狹窄的主題意識、艱難乏味的表現技巧、刁鑽空洞的語言精神、迎合機械的學說論述的作品，竟也有典律化的機會，這樣的文壇出了什麼問題？我們必須思索。

有人問到當前文學評斷的「主流標準」，我特別總檢了一九九八年「聯合報文學獎」評審的觀照：

小說的依據是，人物腔調有無變化？情節設計是否清新？細節描寫是否準確？人性處理是否真切？在潮流中有無背反勇氣？

新詩講究用什麼方法說、說什麼？注意文字與意象的節制、主題意識的價值、韻律及戲劇張力的表現。

散文強調結構、剪裁及觀點的特殊，要求文字純淨有力、表達流暢清晰。

報導文學要有深入的問題意識，其問題且須為社會大眾所關心，並有追蹤發掘的價值。

這樣的標準是好的標準，怎麼會選不出好作品呢？是不是這時代噪音太大、光害太強，傷殘了耳朵、眼睛，使我們失去傾聽鼻息與觀看星星的能力？許多人追蹤著不斷變動的星訊，終於還是搞錯了觀星的地點；許多星星一閃一閃，待我們定睛一看，原來只是小霓虹燈泡。

到哪裡去找真會「講故事的人」(the story-teller)？這一問，竟教人興起莫名的懷舊感。然而這是大環境的問題，誰該頹喪，豈能頹喪？凡此種種，既是作者的事、評論者的事，也是媒體編者的事。提出這樣的思索，是不以一時的收成、個別的成績著眼，而期望臺灣文學有更宏闊的開展！

——原載一九九八年十二月三十一日《聯合報・聯合副刊》

拒絕傲慢，回歸素樸

——二十一世紀的詩

二十一世紀我們的詩壇會是什麼樣子？我們無權決定；以管窺天，也沒有本事看出什麼端倪。但二十一世紀我們要寫什麼樣子的詩，確乎是一個可以深思的課題。

在二十世紀末來思考，最要緊的是找出一九九〇年代新詩的病情。一九九〇年代新詩的通病，概言之：文句太長、景物太多、焦點紛繁、意念重於情感，凡此皆由於文學批評理論大行其道，文評者廣據要路擴展影響，以至於不少作者合拍起舞，就像平路在〈未來的作者關心什麼？〉一文說的：

〈文壇〉流行怎麼樣的文學理論，作者就更可能按照文學批評可能切入的角度，寫出一些讓文評者必然見獵心喜的作品。

小說作者如此，詩作者也如此。詩人為什麼不指望讀者見獵心喜呢？問題或在感受不到讀者的熱度，而一旦受文評者青睞，則輕易贏得「企圖心」、「創造力」等榮銜，既在文學獎中出鋒頭，也在學術論文及各種研討會中聚光。於是，詩愈寫愈遲重、愈無情趣、愈無視讀者的閱讀樂趣；而讀者愈不感動、愈看不出名堂的詩，文評者反而振振有辭地為它說上一大套。文評者為文學理論而活，乃天經地義，作者為什麼活？——為作品、為讀者，都對；為文學理論，就不對了。

「二十一世紀我們要寫什麼樣子的詩？」如覺得這問題不好回答，何妨想想：「我們希望過什麼樣的生活？」繁複理不出頭緒的嗎？浮沉做不得主的嗎？總比不上踏實簡單、浪漫天真的生活態度吧。就像平路在同一篇文章裡說的：「與其在批評界繁複糾結的權力脈絡中載浮載沉，隨著流行思潮起舞，作者不如重新訴諸某種至為素樸的感情。」所謂素樸的感情，那是我們共同的觸發、共同的經歷、共同的記憶。小說與詩的面向及問題癥結是一樣的。

在現代與後現代風潮底下，所有要玩的花樣，詩人差不多都玩過了，再玩下去，只愈來愈空虛。「迷宮」偶爾走走，尚有趣，若每一首詩都逼讀者進迷宮，那就是刑求。詩的主旨是要教人溫柔體貼、教人感動的，不可以傲慢的姿態淩遲讀者對詩的期望。

如果我寫的詩除了少數幾個文評者，沒有人讀得下去，我是會深深不安的。我寧願我的詩短（包括詩行的短與詩句的短）而不要長，教人容易記得；我寧願尊重「古典」的表現方法，希望讀者真正領受，不讓粗暴的「現代」毀了詩最細緻而挑動心弦的質素。

這是二十一世紀新詩人的挑戰。唯適者能生存！這麼說，我們的詩壇將會是什麼樣子，似乎又在憧憬之中，並不太陌生。

——原載一九九九年春季號《創世紀》

新的寫作時代

以「新的寫作時代」作「聯合報文學獎」一九九九卷的書名，與二〇〇〇年將屆並無太大關係。新是表現方法，也是生活態度。「千古詩人寂寞心」，創作者的寂寞正因為此心有尊嚴，此心不漂移，有所縈念、堅持，故能歷久彌新。

在文化生態、商業機制劇烈變革的今天，社會充滿速度與數量的壓力，創作者如何自處？說穿了，只有宅心恬靜、寬裕一途。以慢制快，從來就是文學的起手式！作家不必使自己忙得像個公眾人物一樣，任何人都知道，失去迴旋空間與回味時間的生活是毀損創造力的生活。新的寫作時代要求作者從這種翻騰的境遇中抽身。

古人品鑑人物有「先察其平淡，而後求其聰明」的講法，品鑑文章亦然，平淡中和的質性最有可塑性，最能活潑潑地映照出新的光采。文學追求脫俗的意境、別出機杼的觀想，作品內涵是主體，主體稟之自然；形式雖說無妨花爛映發，但要氣韻清朗、色致平暢。新的寫作時代，要求讀者要有新的欣趣。

偶然聽到中研院林毓生院士談人類思想尚不致太悲觀的緣由，又說臺灣人文學界約有二十人非常優秀，學術根柢、思維深度俱可觀，若說還有什麼不足，那就是文筆表達不夠 clean。試想文壇有無這等病徵？當然不免。文學創作憑恃洗鍊之語言、細膩之語感，可嘆此一基本功竟為今之寫手所漠視。「如礦出金，如鉛出銀」，絕對是新的寫作時代令人神往之境。

——原載一九九九年十一月十二日《聯合報・聯合副刊》

從這一份基礎資料，我們或可印證，詩從小眾閱讀趨向大眾，始於一九八〇年代，至少要到一九七〇年代後期才露端倪。前此雖然有元老詩刊如《藍星》、《現代詩》、《創世紀》、《笠》、《葡萄園》的耕耘，一九七〇年代初更有風起雲湧的青年詩刊如《龍族》、《大地》、《詩人季刊》、《主流》之誕生，但發行數量不過數百、一千，多半只在校園知識青年中傳布，並未向一般民眾擴散。至一九七〇年代中期，主要的報紙副刊重新密集選載新詩，藉報紙傳播的威力終於帶動大眾對新詩的關注；等新詩讀者達到一定數量時，詩集出版行情逐漸露出曙光，詩人不必自掏腰包籌措印刷費，大出版社的青睞也不再只屬於一二特定詩人的際遇。這一現象在純文學、大地、爾雅、洪範、九歌等文學出版社或多或少都有反映，論作者群的「平民化」，則以爾雅最稱典型，涵蓋了《笠》、《藍星》、《詩人季刊》、《創世紀》、《現代詩》、《葡萄園》、《臺灣詩學季刊》、《星座》的成員。

一九七〇年代後期由於新詩傳播媒介重心的轉移，至一九八〇、九〇年代，詩社在詩壇的群體象徵性愈益減弱，代之而起的是出版社的「社區」形貌，由出版社媒介的訊息增強。這是「爾雅詩派」一詞的前提。

按詩派之形成，常有相同的文學主張、相近的文學風格、公認的宗派領袖、以及共同聚合的創作群體，然而我們求證於文學史，例如江西詩派，由一宗所流衍的二十五人，只是一種觀念的聚合，彼此師承不同、年輩不同、行止也大有出入，因此有人說二十五人就有二十五種風格、二十五個支派。只有百花齊放的創作情勢才有流派紛呈的繁榮局面。這麼說，相對於爾雅詩派之稱，就少不了洪範詩派、九歌詩派、大地詩派或純文學詩派。就個別詩人而言，詩派不足以劃分歸屬，但就成形的新詩板塊而言，它確乎可以看出詩壇的社群座標與出版的權力結構。馮青、沈志方、李進文、王信、何光明的第一本詩集都在爾雅出版，沒有票房保證也不可能有太大的預期。我說爾雅詩派的「平民化」特質，就是從這方面看出來的。

據隱地表示，爾雅最能銷的詩集，三十三印，逾六萬冊；最難銷的詩集則只有八、九百本。什麼樣的詩能銷，什麼樣的詩不能銷，隱地豈有不知的道理？他欣賞的詩是清朗有味、雅俗共賞的，讓人有所悟有所思、愈讀愈覺得奧妙無窮。他說一首好詩「首要是由上品的文字組成」，所謂「上品的文字」應該就是精緻雅正、有才氣而不作怪的文字。爾雅的詩集是不是都合乎這一標準？答案未必，原因是他往往為了圓創作者的夢而接受了自己不完全喜歡的詩；有時又想試試「批評家」的獎譽與讀者品味間有多大的差異？

不易讀懂的詩有多少人叫好？

隱地說，哪些朋友想在爾雅出詩集，他其實心裡有數，「很多人一輩子就靠詩活下來，他們的人生只有那一點是光亮的，其他全是暗沉沉的」，那是非常動人的傳奇，爾雅何嘗不想伸出手去牽他們的手，但必須讀者也來牽手，才能撮合更多出版因緣。《死不透的歌》的出版就有一段「延陵季子掛劍」般的因緣：

> 沙牧過世前去到隱地的辦公室，矜持使得詩人有話而不便講、想說而未說出，兩週後他因車禍遽離人世，隱地老想起沙牧到爾雅串門子的那一個下午，他清楚他的心願，在詩壇朋友協助下，隱地兌現了沒有說出的許諾，《死不透的歌》在沙牧走後半年面世。

這是一個令人感傷的故事，連帶使人感慨的是，讀者對逝去作家的健忘——爾雅詩集中有兩本是詩人過世後出版的，一是沙牧的詩集，另一是梅新的，銷路都很冷。

爾雅詩派中年齡最長的紀弦，今年（二〇〇〇）八十七歲；最年輕的王信，今年二十八歲。眼前我們覺得上下差了兩三代，但未來的天秤不會特別突顯誰長誰幾歲，詩史將記載的是這一世紀詩人的審美內涵、照應的生活、人們的喜怒哀樂、一些深刻的心路歷程。就像一般人讀《唐詩三百首》不會考究李白、杜甫、白居易的年齡；古代詩人自鳴得意的詩篇，猶需後世選輯者如蘅塘退士，以及像我們這樣的讀者加以認定才有意義。有了這一層認知，《爾雅詩選》因此不考慮詩人的長幼、名氣大小，從入選兩首到五首，我希望以爾雅設定的讀者意識作為品鑑標準，建立一個代表二十八位詩人、三十三本詩集互相對話的詩學標準。這個標準首先是詩人與出版者在不同年代、不同文學風尚影響下進行的試探，然後是在二〇〇〇年這同一時間點上，由編選者與二十八派對話總成的一派。這其中有許多值得重視的聲音，包含語言、語調、文學魅力、詩律通變、創作意識、個人風格、志業、真實的生活等等。我以詩話的形式摘引存證。

編選過程中我一次又一次親歷眾多詩人的生活閱歷與詩心觀想，看到他們脫俗的意趣，深信好詩要讓人感受到人生的意義，好詩要有人情味，好的詩人心地要寬裕，好的詩句不能工夫用死、要有彈力。一本好的選本等於一本具有群體意識、文化特色的著作，《爾雅詩選》的歷史意義，在這一點上探尋，才有編選的價值。從前的《爾雅》原是研

誰怕現代詩？

誰怕現代詩？二〇〇〇年和金門農工的年輕朋友講這個題目，就是希望大家不要怕現代詩。怎麼能夠不怕？對它有點認識就不會怕；不但不怕，還會覺得很親切。各位不管是學農、學商或學工，都有很多機會接觸大自然、接觸人群，大自然中即充滿了詩意，只是我們平常很少用「詩」這個詞彙來定義。如果能夠掌握一點表達技巧，就會寫詩了。如果能多懂一些體會的要訣，生活中將更充滿色彩、層次與意趣。

現代詩也叫「新詩」，特色是不用押韻，而且不像絕句、律詩有字句上的限制。也許有人會問：沒有了這些限制，如何判斷什麼是詩？會不會很難分辨呢？其實不難，只要我們會使用比喻，思考能夠放在實際的情境中，都叫做詩，或至少接近了詩。

從生活汲取比喻的材料

日常生活中也有很多運用比喻的談話。著名教育家、創辦天津南開大學的張伯苓，有一次主持畢業典禮。當時天津剛發生一樁有名的離婚案件，男主角是一位風流人物，女主角則是影劇界的明星。校長於是說：你們畢業後，過個一、二年可能就要結婚了，結婚有三種：第一種像狗皮膏，貼上去很麻煩，撕下來很痛，有時可能連皮肉都一起撕下來，就像舊式婚姻；第二種像橡皮膏（類似撒隆帕斯），貼很容易，撕也很容易，就像新式婚姻；第三種像氣球，飛到哪裡就是哪裡，就像影劇界的兒戲婚姻。狗皮膏、橡皮膏、氣球都是一種比喻。新詩採用比喻這種方法更為道地。

余光中有一首詩，曾被譜成曲，傳唱一時：「昨夜你對我一笑，/到如今餘音嫋嫋，/我化作一葉小舟，/隨音波上下飄搖。」美人的笑容好似神仙妙樂；我興奮的心情至今餘音嫋嫋；我好像一條小船，在音樂的河流隨音波上下飄盪。全都用比喻，只不過我們平常用「像」、「如」、「彷彿」，這裡沒有硬用上這些詞。

那麼要如何從生活中汲取材料，用比喻的方式說出來呢？譬如教學，老師在黑板上寫「沙沙沙」，學生在臺下抄筆記「沙沙沙」，這就像「春蠶食桑」，聲音真的就是「沙沙沙」；另一方面從聲音表象尋找意義，學生就是蠶寶寶，桑葉是老師提供的，於是你們可以吐絲，可以青出於藍，可以做更多有用的事情，所以「春蠶食桑」可以用來比喻上課的情景。

我有一首詩〈蓮霧〉，形容蓮霧像一顆傷心的、要墜落的眼淚，象徵一段惆悵的愛情。因為愛情本身不具象，既看不到、又摸不到，於是我想：失戀像一顆傷心的眼淚，眼淚像蓮霧，粉粉的、紅紅的，讓人聯想到美人兒紅通通的小臉蛋，更加引人遐思。

我曾在一首詩中用「白刃出匣」形容瀑布從山上傾洩而下；用瀑布形容一個胸懷大志，準備闖盪江湖的年輕人，從此要投向人生的大海。我也曾用浸在水裡的牛形容像磐石一樣安置在大海中的臺灣。也許有人會說：不對呀！臺灣哪裡像水牛，它的形狀明明像番薯。其實比喻不一定只取外在的形貌，還可以取內在的意涵。水牛是臺灣的特產，常被用來作為臺灣人精神的象徵，你看某位總統候選人就說過：我是臺灣牛。

你們覺得金門像什麼？我看過金門地圖，覺得像一隻螃蟹。當然你也可以說它像一隻蝴蝶：小三通開放，金門扮演的角色很要緊，不論在經濟、商業或兩岸的關係上，就像一隻翩翩起舞的蝴蝶。

在幻想天地中自由出入

除比喻外，還有情境思考。詩不是概念，而是真正擺在情境之中。講白一點，腦筋急轉彎、胡思亂想，都可以放到這個範圍裡討論。所有文學創作者都是愛胡思亂想的人，所以有一句話說：天才和瘋子只是一線之隔。天才會胡思亂想，又懂得把所想到的表達出來；瘋子則陷在胡思亂想的情境之中，出不來了。所以創作者是能在幻想的天地中自由出入的人。

何謂情境思考？就是不論面對何種景象都能融入、陶醉其中，把景物看個透徹，經過一段恍惚出神的狀態，又醒了過來。

我有兩個小孩在國外唸書，他們留在家裡的東西，譬如小時候換下來的乳牙裝在罐子裡；他們遺傳了我的基因，有深度近視，換下來的眼鏡留在書房抽屜裡。有一次我看到這些東西陷入了回憶，這就是一種情境思考。我想到這顆牙齒咬過乳頭，這顆牙齒含過奶嘴，這顆牙齒啃過指甲；這副眼鏡迷過漫畫，這副眼鏡看過電視，這副眼鏡曾經迷打電動玩具，這副眼鏡曾被戴著去打籃球。然而，光這樣想叫做詩嗎？很容易，轉個彎，和人生聯想起來就是詩了。那些咬過奶頭、含過奶嘴、啃過指甲的牙齒，可以給它一個歸結性的句子：「唯一沒嘗過的是當大人的滋味」。眼鏡一副副代表的是生命的成長過程，而「日漸模糊的是小時候的樣子」。

我們除了用肉眼看眼前的東西，還可以用心眼看記憶中的東西。雖然我們未必會像愛因斯坦想出相對論、牛頓想出萬有引力，但透過思想我們的生命就會有許多記憶、許多層次，有層次就美。有層次的風景，因為有景深所以好看；有層次的食物也比較好吃，像蔥油餅、抓餅就比麵疙瘩要好吃得多。

有位大學校長對朋友發牢騷說：有人說我是傻子，有人說我是傻瓜。你看到底是傻子比較嚴重，還是傻瓜比較嚴重？他的朋友就講：傻瓜比較嚴重。為什麼？你看一個瓜裡有多少子！一個子要多久才能長大結出瓜？他的朋友能夠想出這個妙答，是因為他既不著眼於瓜，也不著眼於子，而是著眼於情境，腦海中想到一顆瓜，瓜中有瓜瓤和許許多多的瓜子。喜歡文學的同學，想閱讀或創作文學作品，都可以在這種情境的思考運用中得到一些樂趣。

運用暗示產生情趣和詩意

許多名嘴講話似乎很含蓄，其實非常犀利；有時候彷彿很迂迴，其實一擊中的、鞭辟入裡。民國初年，新式婚姻、白話文興起了，有人結婚寄了張請帖給某公，某公送了一副對聯賀洞房之喜，上下聯分別是「不破壞焉能進步」、「大衝突乃有感情」。破壞和衝突都是雙關語，是好的破壞、有感情的衝突，這就是運用暗示予人聯想而產生的情趣和詩意。

詩意其實存在於現實生活中，能把一些很直接、很功利、很目的性的講法，變得比較巧妙、有戲劇性，才能吸引人。為什麼大家喜歡看好看的連續劇、電影，就因為它高潮起伏、有戲劇性，敘述方式很巧妙，能把人生種種情節濃縮、匯聚其中。我認為人人在生活中都可以儲積這樣的詩意，人人都可以變成詩人。

西方傳播學者曾說：「媒介即是訊息。」捷運給人們的生活帶來很大的改變，捷運的出現也就是一個訊息。臺北市公車詩文中有首關於捷運的詩，藉著捷運的方便來寫人與人的關係：「螞蟻遇到了螞蟻，螞蟻看到了螞蟻，螞蟻有時注意螞蟻，螞蟻輕輕微笑對螞蟻，螞蟻不該討厭螞蟻。」他用螞蟻象徵都市中擁擠的人們多得像螞蟻一樣。接著又說：「一起發現了捷運搭，一起坐著歇歇腿，一起打打嘴兒，打打屁，螞蟻於是留有更多時間回家陪陪所愛的螞蟻。」這說法是不是很溫馨？

如果你對捷運沒感覺，那麼我舉一首談情說愛的詩。約會結束了，男生要送女生回家，可能是騎摩托車，也可能是騎腳踏車，而且不能送到家門口，道別時也一定會有一種依依不捨的感覺。這位不是專業詩人的詩人寫了這麼一首詩〈送她回家〉：

> 她說，就到這裡好了，因為她家已經在附近了。／我說，就送你到這裡了，因為你家已經在附近了。／她說，今天真是高興，和你在一起。／我說，今天真是開心，和你在一起。／她說，那你回家騎車時要小心。／我說，你走巷子回家時也要小心。／她說，那，就再見了。／我說，那，就再見囉。／她說，就醬子，拜拜。／我說，就醬子，掰。

「就這樣子」變成「就醬子」，這是一種連音變形；再見的「拜拜」進一步變成有分手巧思的「掰」，等於創造了一個新的有詩意的符號。

以詩的眼光注目大自然的符號

天地間充滿了符號，雲的姿態是符號，水流的形象是符號，花花草草的樣子也是符號；大自然的符號有了人文訊息，我們就說它是詩的符號。

最後，讓我們想想聖艾修伯里著的《小王子》，書中的敘述者「我」，在六歲時看過一幅蟒蛇吞吃野獸的圖，後來他畫了生平第一張畫——一幅像帽子的圖。他問大人們，這圖是否很可怕？大人說這有什麼好怕的，不過是一頂帽子嘛。小孩說，不對，是一條蟒蛇正在消化一頭象。

把一頂形似帽子的圖看成帽子，只是一個抽象概念的理解；把它看成是蛇吞象，像X光看出凸起的內層站著一頭象，這是詩的眼光。各位親愛的同學，如果我們不想做一條不會哭的毛毛蟲、不會笑的金魚、不懂憂傷的蚯蚓，那麼就讀讀詩、寫寫詩，做一個有想法、會「發情」（又發得很美）、會做夢又能把夢境說出來的人！「誰怕現代詩？」沒有人怕現代詩。我愛現代詩，希望你們也愛。

——原載二〇〇〇年九月五日《中央日報・中央副刊》

諾獎揭曉，越洋專訪高行健

二〇〇〇年諾貝爾文學獎得主，於臺北時間十月十二日晚間七時揭曉。天安門事件後流亡法國的大陸作家高行健（一九四〇—）成為百年來第一位榮獲這一崇高獎譽的中文作家。

從一九八〇年代開始，《聯合報》及《聯合文學》即經常刊登高行健的文章、訪問及報導；一九九一年高行健在瑞典皇家劇院發表「有生之年不再回到在極權專制下的中國」這一聲明，也刊登在《聯合報》上。一九九三年高行健來臺出席聯合報系主辦的「四十年來中國文學會議」，發表〈沒有主義〉這篇論文，與臺灣文學界建立深厚友誼，他最重要的兩部巨著《靈山》、《一個人的聖經》即由聯經出版公司出版。

在諾貝爾文學獎揭曉第一時間，我代表《聯副》打越洋電話到法國高行健家中，先由他的朋友小說家西零接聽，約十分鐘後終於轉交他本人。以下是錄音訪談紀錄：

臺灣文學也很有希望

問：高行健先生，我是陳義芝，我代表中文世界最大的傳播媒體臺灣的《聯合報》恭喜您榮獲諾貝爾文學獎。所有以中文寫作的作家以及閱讀中文作品的讀者，都感到無比的興奮，透過您的小說、戲劇、現代詩，全世界的人將認識到當代中文文學的精深、優美。您能不能向中文世界的讀者，特別是臺灣的文學朋友說幾句話？

答：我這裡現在記者非常多，包括瑞典最大的媒體及法國《費加洛報》的記者及攝影。不得了，十分忙亂！你是中文世界第一個打電話來的。你這個問題要怎麼說呢？我覺得臺灣文學也很有希望，因為臺灣的人文與政治自由的環境都有利於創作。

問：謝謝您同意在全世界媒體現場「壓迫」下撥出寶貴時間，接受《聯合報》優先訪問您。請問作為一位作家得獎前與知道得了這麼高的一項榮譽之後，您的生活會不會有巨大改變？

答：沒什麼變化。我還是做自己想做的，寫自己想寫的，畫自己想畫的。

至少得有一個讀者

問：請談談您一向的寫作心態。

答：作家可以不考慮讀者，但他寫作時，至少得有一個讀者——脫開作者的另一個自己，這個「自己」，也就是擺脫了自戀的眼光，是旁觀者的眼光，一個最挑剔者的眼光。這個讀者是必須有的。別的讀者都可以不顧及，因為很難說，年紀大的、年輕的、什麼樣文化背景的、中國的、外國的……你無法去為某一種讀者寫作，因為那是一大陷阱，其結果不是討好，就是喪失自己。但是得有一個讀者，就是自己，這是永遠可以把握得住的。

問：您這個觀點極耐人尋思，但是作者本身如何知道在這個意義上的讀者是一個夠格的、稱職的讀者？

答：這個讀者就是當你不去想別人的反應、討好市場趣味，面對自己嚴格的標準，寫自己想寫的東西而自己也能滿意的時候，這個要求、這個眼光就出現了。

小聰明代替不了創作

問：願不願談談判別一部小說好壞的標準？

答：我同意小說怎麼寫都可以，小說是沒有規範的。但光這句話是不夠的。小說離不開人性，不能是形而上的概念，必須化成有血有肉的東西。小說最主要體驗在敘述，敘述當然可以有不同方式，怎麼樣寫都是可以的，這裡面沒有一個現成的格式，這是一個很開放的觀念，而且隨著時代、趣味而變化。在今天，小說並沒有死亡，但是光追求新形式、新方法是不夠的，還要回到自己本身、自己的生活經驗，回到人性、回到感覺，當然也不能沒有思想，但是一切思想觀念如果不能變成真實的感受的時候，就純粹只是一種觀念遊戲、文字遊戲。小聰明是代替不了真正的創作。

不重複走過的路子

問：您三十餘年的創作歷程，在藝術觀念上一定有不同的追求，能否談談各階段的變化？

答：一直在變。我剛開始寫小說時就被認為我寫的不是小說，很難發表。除了政治原因，從藝術上講也被認為：不像小說，不是小說。所以我一直在尋找小說的表達方式，但僅僅這麼做，我想是不夠的。我每一本小說、甚至每一篇小說，都不想重複已經走過的路子，這在寫作當時是很辛苦的，但很有意思。

對著錄音機寫稿，發揮漢語特色

問：劉再復先生說您的作品有詩意，我覺得您的小說很適合朗誦。

答：我很高興你有這種看法。我寫小說第一稿都是對著錄音機錄下來，這與我搞戲劇有關，我重視音樂性，不喜歡雕鑿，講究活的語言，希望發揮漢語特色，有音樂感，能立刻喚起讀者聽覺感受力，但這不只是四聲的問題，還包括節奏、韻律、情緒……

問：在巴黎，您的作品是否時常被朗誦？

答：對，很多次。法國有這個習慣，讓作者與讀者會見，舉行作品討論會、朗讀會。像

《靈山》、《一個人的聖經》，都朗讀過。還有在電臺也做朗誦，比如說在法國音樂電臺，曾做過一個三小時的專輯，朗誦我的作品和播放我喜歡的音樂，穿插著對我作品的討論。其他如法國文化電臺、巴黎自由電臺以及很多地方上的電臺也都做過。

問：是用法語朗誦是不是？

答：那當然。主要是我不希望我自己朗誦。法語要漂亮，要由演員來讀。

問：如果來臺灣，您願不願意用漢語朗誦？

答：雖然我自己做戲、排戲，但我不太願意自己來朗誦，因為朗誦的演員要有專業的訓練。

問：前不久我們通電話，您答應下次來臺灣時公開講演一場，現在可不可以預告，您最想跟臺灣文學界談的課題？是談您的創作經驗，還是有一個重要的觀念要傳達給更多的人？

答：我想，這個題目你們出比我出更好。這一類活動以前很多，我沒有禁忌，不怯場，也沒有什麼要求。你們想要我談什麼問題，到時候討論就可以。

道家思想是中國文化精髓

問：馬悅然在日前接受北明訪問時，特別提到您的作品受道家思想影響很深。能否請您做點補充？

答：我在自己的創作談中談了很多次。我認為道家思想是中國文化的精髓。特別是對創作講的話，道家、禪宗、玄學，這些中國古典文學中的隱逸精神，是最好的東西。

問：中國古典詩詞中喜歡陶淵明嗎？

答：很喜歡陶淵明。唐詩宋詞中喜歡的還很多，小時候背過很多。我一點不反對中國傳統。從五四以來到左翼文學界，有一種由打倒傳統的革命意識形態所主導的對傳統的看法，我不贊同。傳統就在那裡，為什麼要打倒呢？一個世紀以來，這樣的革命極端就是文革，是整個時代的謬誤，大的謬誤！

金瓶梅是偉大的現實主義小說

問：如果只給年輕朋友推薦一本中文古典小說，您最喜歡哪一本，例如《紅樓夢》、《西遊記》、《金瓶梅》……

答：都喜歡，小時候《水滸傳》、《西遊記》讀得入迷了，大一點就開始讀《紅樓夢》，再大一點就讀《金瓶梅》。我認為《金瓶梅》是非常偉大的現實主義小說。

問：您人在法國，用中文也用法文創作，這種空間的轉換及語文的交替使用，有沒有令您切身思考文學與「國家」這一觀念？我的意思是您自己有沒有思考過是中文作家、中國作家或是作家上頭不必加什麼限制詞？

答：把自己定在一個什麼位置上這個問題，在實際的創作過程中其實是不存在的。後人做分析時可能需要，因為做評論時，會想要從一個什麼角度去切入。可是對自己寫作只有不同的階段，比如說我，有時用法文寫，有時用中文寫；有時寫的是純粹傳統中國文化的素材，像禪宗、唐宋時代；有時也寫毫無中國背景的東西，像我剛剛脫稿的一部戲《叩問死亡》，就沒有一點中國問題、中國情節。到法國以後，我有一批像這樣的戲。

兼容並蓄地閱讀吸收

問：五四以來，新文學作家中有沒有您比較欣賞的？

答：差不多都看過。我跟有一些作家不一樣，他們往往有強烈的偏愛，喜歡那一個作家、喜歡那一些作品，我從小因為家裡有很多藏書，父親喜歡舊詩詞，他自己也寫舊詩詞，我媽媽是受美國教會學校教育，她喜歡讀外國小說，我小時候各種書籍普遍接觸到，以至於我聽說到有什麼書，就有興趣去讀。我在中學時就開始了，差不多當時能找得到的譯本都讀了。後來進了大學，在大學圖書館裡列了一個讀書計畫，從俄國文學讀到法國文學，從西歐、北歐到美國文學，讀書量很大。對五四新文學作品，只要圖書館能找得到的，差不多都翻過。每一個時期有那一個時期的喜愛，如果要把這張單子列出來，那太長了。兼容並蓄地吸收東西是比較好的，哪怕是不喜歡的作家，只要他是一個重要的作家、有重要的作品，我都會去讀。比如說但丁(Dante)的《神曲》，它是不吸引我的，我硬著頭皮去讀；再如郭沫若譯的半文不白的歌德(J. W. von Goethe)的《浮士德》，三大卷，當時這部書在大學圖書館出借率很高，第一卷很難借到，我央求圖書館員說書回來後請一定給我留下這本書，好不容易才借到。第一卷都被翻爛了，第二卷就只有十幾個人借過，我讀到第二卷還是覺得很難讀下去，但覺得既然讀了，就應繼續讀下去，到第三卷我是第一個借的，可以講那本書完全是新書。但讀完之後，我覺得龐大的結構，《浮士德》真了不起。有些書就是要這麼去看它。你說你喜歡它，那不一定，但它給你深深的啟發。

問：您的閱讀經驗的確可以給我們很多啟發。今天是您大喜的日子，我知道還有很多媒體等著訪問您，占用了您這麼多時間，非常非常謝謝。

答：好，我們等到臺灣再聊聊。

問：下個月您真會來臺灣嗎？

答：這很難說嘍，十二月十日在瑞典有一個授獎典禮，我需要做一個演講，現在一切都圍繞著這件事。

——原載二〇〇〇年十月十三日《聯合報・第三版》

壯大文學消費社會

——文學生產與文學消費

二〇〇〇年「聯合報文學獎」增設「大眾小說獎」，這在所有含括小說、新詩、散文三類，或加上報導文學而為四類的嚴肅文學獎中，前所未見。是什麼因素讓主辦單位敢於做出這一重大嘗試（變革），而不怕被扣上「世俗化情趣」、「輕閱讀導向」的帽子？

如果只說「我們體認到唯有擴大讀者階層、厚植消費圈的基座，文學才能發展」，顯然還有得爭辯。到底文學生產與文學消費者的互動關係為何，文學傳播者的職能角色又當如何？在此應加以辨明。

如果我們同意「沒有文學消費，一切文學生產都無意義」，一定會同意：文學作品的價值由作者和讀者共同建構而成。倘若漠視「讀者意識」，一味地認為看不懂是因為讀者沒有層次沒有品味，甚至高姿態地表示看不懂拉倒、那不關作家的事，則文學信息無法傳播，文學價值無法共享，文學的意義自不可能建立。本世紀初，梁啟超創辦每月一回的文學報《新小說》於橫濱，主張「欲新一國之民，不可不先新一國之小說」；梁氏心有所屬的小說是具備熏（熏染）、浸（浸淫）、刺（刺激）、提（移情作用）魅力者，使讀者融入，情與之俱化。百年前他強調的，小說須有不可思議的「支配人道」的力量，我們今日不必放棄。特別是中文文學創作園地向以大眾傳媒報紙副刊為主，自一九二〇年代中國大陸到二〇〇〇年的臺灣，情勢未變。報紙講究傳播目的、效果，期盼媒介內容廣泛進入尋常百姓家中；文學副刊促進多層次多樣化的生產結構，以滿足多層次多樣化的市場需求，溝通、調節生產與消費兩造之間的互動關係，責無旁貸。

多少年來，文學社群中人大都重視文學作品是「誰→說了什麼」，而輕忽「對誰→透過什麼管道→產生什麼效果」。一九九五年《聯副》乃率先提倡「全民寫作」，亟望縮短讀者與作者的距離，現更在文學獎項中增設「大眾小說獎」，進一步試探生產與消費協同的文化心態，追求更有效的文學傳播。

也許有人將以通俗相責難，認為「倏忽之間得到的滿足」不足以言人生感悟，殊不知「倏忽之間的滿足」與「活躍的思想」在創作是可以兼顧、在閱讀是可以兼得的。德國文學社會學家迪特里希・哈特分析讀者的閱讀興趣，或為逃避現實，或為消遣，或為信息、美學與知識，因不同的興趣可劃分不同的讀者類型，但事實上，各類型之間皆有相關性與變動性，並非一成不變，換言之，因為消遣目的，也可能順帶培養出美學感受、觀念凝塑、知識探求的能力。如果創作者先就設下路障，斷絕了廣大中產階級的閱讀興味，那麼文學生產的意義必定大打折扣。

「大眾小說獎」的目的是要讓閱讀成為享受，在「死忠」的讀者群外開發新的讀者群，讓資訊「零件化」的商業時代日形萎縮的文學情境重新被喚取。大眾文學寫作不必強調全新的創造力，借用不俗的情節模式以表現新的美感意識，更能使文學與大眾脈息相應和。我們相信，不只是酒才令人陶醉，容易入口的果汁能獲得更多人接受、欣賞，但需是純汁，攙了水又添加香料的就未必。

在類型上，除了亙古長青的愛情小說外，使大眾「欲避不得避，欲屏不得屏，而日日相與呼吸之、餐嚼之」（梁任公語）的武俠小說、推理小說、歷史小說，也是值得大家懷抱「讀者意識」去經營的。我們深切期待小說作者創造出新世紀大眾文學的格調與魅力。

——原載二〇〇〇年十二月一日《聯合報・聯合副刊》

詩與詩論

寫詩靠才華，才華的展現與教養有關，卻不必與文學理論有關。靠理論觀念支撐來寫詩，詩總少了一點最珍貴的動人的質素。

當代文學理論揭示的表現技巧，豐繁多樣，以之面對更為多樣的、複雜的、難以捉摸的創作文本，它主要的作用在：提供不同的審視角度、不同的鑽研方向。因此，理論雖不能幫助人寫好詩，但卻可以幫助一般人增加讀詩的理解力和趣味，為學院式的研究建立一套公認的對話體系。

不同年代有不同的文學理論，各為某一類型的創作文本鼓掌喝采，它們往往誘導作者的創作方式，也誘導讀者接受異於從前風貌的詩作。例如情色詩、女性詩、後現代詩的大量出現，理論都適時扮演了鳴鑼開道的作用。理論為什麼有這麼大的威力？究其實，它的確呼應了創作過程中人的性向與意識變化。

拿我自己的經驗來說，我曾援用精神分析文論，以「浪子」原型解讀林泠「為一個賭徒而寫」的〈微悟〉，以「智慧老人」的原型解讀夏宇題為〈小孩〉的詩，許多我們以意識去判讀，發覺「不合邏輯的情節」，如果能夠進到潛意識或集體無意識層加以探索，會有令人驚喜的發現：原來詩的創作確實是從潛意識開鑿，或自集體無意識中迸現。

除精神分析是一把可用的鑰匙，女性主義對解讀女詩人的作品，也大有妙用。由於凸顯了「女性中心觀點」，讓我們更清晰地看到女性世界的種種，而且看得深入、看得幽微，例如蓉子寫於一九五〇、六〇年代的詩，我們今天以女性文本策略去分析，會發覺其中有迷人的騷動。陳秀喜寫於一九七〇年代中期的〈灶〉說：

> 灶的肚中／被塞進堅硬的薪木／灶忍受燃燒的苦悶／耐住裂傷的痛苦／灶的悲哀／沒人知曉

用灶來表達女性，相對於「堅硬薪木」的男性，這種象徵，也相當令人震驚。

與前衛精神接近的後現代詩論，則使我們閱讀一些公眾不認同的怪詩時，有一種參與遊戲的興奮，從而打消了對語言、語法的成見，拓展了舊有的思維格局。

我在思考這個課題時，還想到一度在臺灣風行過的「新批評」，它把文本和作者的經驗世界隔離開解讀，完全不理會「知人論世」那一套，雖遭人詬病，但它揭櫫的「細讀法」，確實是讀詩的必要功夫，如果沒有細讀一首詩的能力，而只是圍繞著作者生平、社會狀態，講一大堆，總予人只在外打轉而進不到核心之譏。

這些年來，文學理論在臺灣大盛，而且跨越不同學科領域，對提升讀者人文素養，有正面的教育意義，但一個文學研究者，如果僅僅滿足於一些新術語、新名詞的賣弄，而沒有全面的、充分的對文本的掌握，認知不足，界定就會產生偏差，則算不得是一個稱職的批評家。我期待研究詩的學者，一定要大量閱讀詩作，不可偏愛、偏執，這是研究者的責任。認識新詩流脈及各家成果，加以定位，要遠比對一兩種理論的套用難得多！

——原載二〇〇〇年十二月十一日《臺灣日報・臺灣副刊》

■補　記

二〇〇四年我以西方達達主義創作法解讀夏宇《磨擦・無以名狀》，二〇〇五年以立體主義的表現法檢視林亨泰一九五〇年代創作的符號詩。讀者可參閱九歌出版社《聲納——台灣現代主義詩學流變》一書。

——二〇〇六年十二月十七日

一本給大眾閱讀的小說選

——二〇〇〇年小說範例

二〇〇〇年初蔡文甫先生約請九歌版《八十九年小說選》主編；我受懇邀，不得不重作馮婦，一年三百六十五天每天閱讀十二份報、翻看六種雜誌。看小說成了搏虎般的苦差事。

像我這樣的一個讀者

在〈小說1993〉一文，我曾表示：「好的小說總該讓讀者有讀它的樂趣！」面對紛繁多樣的小說創作，「敘事能力」一直是我評判的重要標準，小說家在敘事過程裡有沒有設想如何與一個個典型的讀者互動，是我特別在意的。這個「典型讀者」可以如諾貝爾文學獎得主高行健所說的「另一個自己」，也可以是由經典塑造的文學傳統的追蹤者。換句話說，這些年來，我一直未放棄思索「讀者意識」之有無。讀者是決定敘事者口吻的關鍵因素，你不能不重視他的存在，知道你的讀者為誰，因為你和你的讀者是在同一條文學脈動裡；如果不知讀者在哪裡，你就不知如何說起，不知拿什麼腔調發聲。

美國普林斯頓大學資深教授浦安迪 (Andrew H. Plaks) 說：

> 敘事就是作者通過講故事的方式把人生經驗的本質和意義傳示給他人。
>
> (《中國敘事學》)

作者講述的事件固然重要，敘事者的口吻及敘事效果，更重要。如果那個「講故事的方式」是一種笨方式，嘮叨、冗長、過於緩慢、令人覺得複雜難耐，讀者的直接反應是：讀不下去。如果敘說過於簡略，沒有足夠的事件帶引，讀者不可能從中思索到人生經驗的本質和意義。作者空有企圖心是沒用的，心餘力絀，奮力抛出一堆東西，即使有同黨敲鑼打鼓，在下游的讀者畢竟無意於打撈。艾柯 (Umberto Eco)《悠遊小說林》提到湯瑪斯・曼 (Thomas Mann) 借過一本卡夫卡 (Franz Kafka) 的小說給愛因斯坦讀，愛因斯坦奉還時說：「我讀不下去，人腦沒有那麼複雜。」大腦袋愛因斯坦的話，很值得迷信複雜敘事的作者思考。複雜或等同於怪異，卻不等同於豐富、深刻。小說家要有歸納錯綜複雜關係的能力，不是把複雜丟給讀者去梳理、去歸納。

小說家姑妄言之，讀者姑妄聽之，儘管是姑且隨意，但如果沒有「敘事藝術」作橋樑，則讀者萌生「姑妄」之心的動力闕如，作者如何達成敘事效果？小說語言不能堆疊像一座倉庫，過度的穿插、補注，也令人煩。快筆與慢筆交織，謂之節奏；人物與事件組成富有想像的經驗，謂之意象；小說在真與假之間要建立令人信服的感情基礎。

像我這樣的一個讀者，不像鄭樹森、王德威、李奭學那樣博學尖端，卻是見證作品是否通抵下游的中堅讀者。像我這樣的一個讀者在乎的是小說給人的影響，如同我在〈壯大文學消費社會〉一文中強調過，如果文學信息無法傳播，文學價值無法共享，文學生產的意義何在？文學作品的價值是由作者和讀者共同建構而成。

文壇生態、發表處所的斟酌

二〇〇〇年短篇小說選衡鑑之準據，除敘事風格與質地外，文壇生態、發表處所也是輔助性斟酌的要件。蘇童發表在《聯合報・聯合副刊》的〈司馬先生是個老色鬼〉（八月一－二日），寫電影廠宿舍區一對如膠似漆相愛著的老夫妻，男的司馬先生給太太梳頭，梳的是美人髻，一梳五十年，後來老太太病了、頭髮掉光了、死了，老先生手拿一把笨重的鋼絲梳，到處找長得像他太太的女孩梳頭，外界以各種各樣的說法論斷了司馬先生的一生。小說的觀點非常特殊，所有事件幾乎都是「聽」來的：百合花餐廳裡的小道消息、餐廳老闆說、倪小姐說、司馬先生老淚縱橫地說、一個研究老電影的朋友說……，世人所言是表相還是真相？誰有資格有眼光論斷別人？這篇優秀的小說未入選是因同一刊物已選了另一位中國大陸作家余華的小說，不同刊物取樣有排擠性。

林雙不在《臺灣日報・臺灣副刊》發表的《生活描寫王博文》（四月十七日起連載），用小說筆法為海外參與臺灣獨立運動的人士寫傳，所謂小說筆法是指作者雖根據史實，但目的不在整理史料，他寫他追慕的這群人的意志、精神，人物生活立體浮顯，我一直追蹤閱讀，甚至在確定它是一個中篇、收不進短篇的年度小說選時，也還持續一兩個月讀完了它。讀文學作品，我從不以意識形態分彼此，不管什麼派別、路數，只要他的文學功力帶得動他的政治意識，我都欣然欣賞；文學於我不僅止於社會議題工具性，還有更崇高、久遠的人的情操之召喚，思想意識與政治立場，可以是作品內涵的一部分，不是全部。小說作為時代面貌的反映，讀者以心靈加以感知，不以信念相質疑。林雙不自述寫作這一系列「歷史小說」的態度：

為了絕對專心，為了全力投入，整整半年時間，我沒有走出過家門一步，沒有接過任何一通電話，妻子女兒對外總是說，我又出國了。甚至有一次家父家母來員林小住一個禮拜，都不知道他們的兒子就在三樓閉關隱居；當然，一輩子不認識半個漢字的他們，是不會上三樓書房的。每天幾乎天一亮，我就開始打字，除非精疲力盡，很少休息……（《臺灣日報・臺灣副刊》，二〇〇〇年十月二十八日）

我在這裡特別引錄，作為一個寫作範例看待。雖然在文化傳承與美學觀念上我們有異見，但這樣的寫作態度是當今忙於扮演各種社會身分的臺灣作家所欠缺的，創作者非戮力專一不能成就筆下之深厚，值得大家深省。

二〇〇〇年十一月駱以軍出版二十五萬字的「家族史詩臆想」：《月球姓氏》。全書共有二十一章，或說是二十一篇小說，半數發表於同一年內。《中央日報・中央副刊》登的〈大水〉（七月二十四—二十五日）和《自由時報・自由副刊》登的〈醫院〉，一樣令人印象深刻。〈大水〉追索母系家族、養女世系，並紀念留在大陸的大媽，當敘事者的父親在颱風大水裡泅回自己家門，搶出一本日記，那本日記裡就夾著敘事者的祖母和大媽的照片。有光的水底世界像子宮，是生命的源頭，「大水」巧妙融接了臺灣與大陸兩頭的關係，母系的譜系建構完成如一則神話。如果同一作者可以選兩篇，除了〈醫院〉一篇，我會同時選進駱以軍的〈大水〉。

二〇〇〇年《聯合報》與《中國時報》兩報文學獎小說首獎作品，都沒有選進來。原因是比起其他媒體，兩報平日刊登的上乘小說仍居多，名家手筆未必會輸給青年得獎作，黎紫書的〈山瘟〉和張瀛太的〈鄂倫春之獵〉因此割愛。《自由時報・自由副刊》登的「寶島小說獎」第一名作品〈泡在福馬林裡的時間〉（許榮哲作）、《臺灣日報・臺灣副刊》登的「臺中縣文學獎」暨「洪醒夫小說獎」得獎作品〈震殃〉（李崇建作）也經比較未入選。選收的兩篇得獎作，一是張瀛太奪得「中央日報文學獎」的〈夜夜盜取你的美麗〉，風格情調迥異，因少見而令人玩味；一是張耀仁獲「全國大專學生文學獎」的〈大旅社〉，允為新生代小說家的成績標記。

平路發表於《聯合報・聯合副刊》的〈凝脂溫泉〉，表現情慾與性別政治，固令人注目，但比起稍後完成的〈血色鄉關〉，前者的時髦在想像中，後者的張力則不在預期裡。

能在《文學臺灣》這本雜誌讀到〈記憶，在與臺北交會的每一點上〉，十分高興，這使得年度小說選在雜誌部分不至於只有《聯合文學》的小說入選。

告別二十世紀的人生劇場

小說之所以感人，是它帶引我們掙脫乏味的生活枷鎖，經歷更驚心動魄的旅程，或者讓我們體會到生命更深的寂寞悲哀。我甚至想，小說情節會變成讀者人生追求的範本、參照的經驗，小說的催眠效果使得所有我們讀過的小說都如同我們做過的夢。在這層意義上，小說是人生劇場。

二〇〇〇年小說選收錄十一篇小說，童年故事兩篇：〈黃昏裡的男孩〉、〈平安〉，青年故事兩篇：〈熱蘭遮〉、〈記憶，在與臺北交會的每一點上〉，中年人故事三篇：〈夜夜盜取你的美麗〉、〈夜車〉、〈銀河鐵道〉，老年人故事四篇：〈大旅社〉、〈血色鄉關〉、〈醫院〉、〈貓藥〉。殘忍、惆悵、迷惘、感傷……人生的滋味五味雜陳，這些是臺灣告別二十世紀最後一年留下的好看的小說。

論顯影時代的荒謬、人生的殘敗、人情的掌握、多層次交織的筆法以及活用資料、控馭文字的工夫，平路的〈血色鄉關〉堪稱年度代表作，獲贈「年度小說獎」。

兩篇童年的故事

余華寫〈黃昏裡的男孩〉前，先在《聯合文學》四月號發表〈朋友〉，他雕刻人物形貌、現場寫生的能力極強，鏡頭移動流暢，從不虞失焦。

一個偷了蘋果的小孩，遭賣水果的扭斷中指，不但斷了中指，還被迫聲嘶力竭地喊「我是小偷」，一番折騰過後，男孩搖晃地走出小鎮，在黃昏裡不知走向何方；有人注意到，他的中指已經翻了過來，和手背靠在一起了。賣水果那人「殘忍的抑制機制」是被他自己的不幸遭遇摧毀的；旁觀者不出一聲、沒有拉這男孩一把，又是什麼原因？這篇小說教我們思索「惡」這一客觀存在。惡不只有一個層次，不僅小說裡的孫福（賣水果者）心理扭曲，所有旁觀的（包括讀者）似乎也都是殘忍的共犯。魯迅〈孔乙己〉作為科舉讀書人無從掙脫的悲哀代表，余華筆下這位無名無姓、不知將如何長大的男孩，則是貧窮飢餓的剪影。男孩第一次站在水果攤前並未下手，去而復返才抓了一隻蘋果；被抓住的男孩嘴裡咬了一口蘋果，被喝令吐掉，他原本還捨不得吐淨……余華慢慢為這一事件加溫，帶領我們從黃昏沉入隨之而來的黑暗，在絕望至極生出超越的反思。

男孩消失在黃昏裡之後，作者到底應不應該繼續講述孫福喪子丟妻的一段？那一段會不會成為蛇足？贊成保留的說多了一個層次，反對者認為給惡人作惡找了一個藉口，惡的力道反而消去一半。讀者，你說呢？

林黛嫚的〈平安〉描寫一位半大不小的女童，長日在學校與住家附近浪遊。這女孩自有一種逃避世界的方法，像打躲避球，只想早早被打死好離場；她不惹周遭的麻煩事卻在獨自的浪遊中看盡苟且的人間事。她患著深度近視，沒戴眼鏡前，周遭的空氣靜得停滯一般，世界罩了一層霧，這霧中有一個真相等著探掘，在女孩浪遊的圓周之外有另一段人生等著她去面對。但她必須通過母親淌血的病痛、曹老師的賭博、高老頭的猥褻、張課長的告密，以及父親發生在三合旅社的偷情……她想像父親在一赤裸女體上的顫動。

女孩的經歷有啟蒙作用，當世界改變，林家大宅的老奶奶死了，母親永遠沈睡、再沒有呻吟聲了，平安這女孩內心的封閉世界才打開，她決定推開母親房門，原本不願與母親說話的她，搬了張椅子與母親絮絮叨叨說著自己的浪遊見聞，我們可以預見她將結束住家附近圓周式的浪遊了，平安終於找到了一條路走出去。

這篇小說有許多無聲而富張力的鏡頭，母女悲劇般命運的綰連像在進行一場拔河：平安出生，母親血崩差點保不住命；母親臥病在屋內，女兒閒盪在屋外；母親死了彷彿這小女孩才能在失魂的狀態下又活了過來。名為平安的人生事實上不平安，這是作者要告訴我們的吧！一九七〇年代中期以至於八〇年代，林黛嫚曾創作不少短篇小說，但都比不上這一篇教人深思動容。〈平安〉將林黛嫚推向她自己短篇創作的藝術高峰。

兩篇青年的故事

賴香吟的〈熱蘭遮〉，是一篇傷逝歸鄉的深情之作。熱蘭遮即今之安平古堡，三百餘年前荷蘭人在臺灣最重要的軍事基地，於今則是臺南的歷史地標。敘述者「我」因男友「島」自殺而她腹中已懷了小孩，愴然回鄉，在古蹟與舊照的記憶索引下，追念前世情愫。

每一章開篇都以一小段地誌史作引言，切合敘事者的工作身分……回鄉做地誌研究。一六二四年荷人築奧倫治城，一八七四年沈葆楨拆熱蘭遮外城，一八九七年日人砌造安平海關公館，一九三〇年改建新式洋館。在古城的沿革回溯中交織出人的生命遭逢……青年人的純潔浪漫中竟帶著中年人的頹然感傷。舊日所擁有的終歸如古城堡之滄桑變化，安平港日漸淤積，昔日因尷尬分手的「高」留在戀人所在地進行重劃市政的工作，「我」則懷著身孕重劃生命。

小說在無盡的荒涼裡暗伏生命的溫度，如同古城毀去又在原址造出新城，男友島逝去，新生的嬰兒島又會降生。這是一篇描寫青年尋找生命歸屬的作品。舊情難以割捨，舊情終需割捨，小說中的「高」最後決定離開南城、搬回中部，正是這樣的寓意。然而「我」將生下的小孩，以他父親之名為名，則舊情果真能割捨嗎？賴香吟以極具魅力的言說方式，用三百年來的城之興衰襯寫人之生死去來，既像悼亡詩也是安魂曲。

〈記憶，在與臺北交會的每一點上〉，是我選的最長的一篇，逾一萬八千字。九歌版年度小說選編委會曾約定，入選作品最長不得超過兩萬字。作者莊世鴻攻讀政治，並不為文壇認識，是一位新人。小說發表在小眾的、純文學的《文學臺灣》雜誌上，刊登當時看到的人想必不會太多。作者將回顧設定在二〇〇〇年這一既是告別又是下一個新的起始的時間點上，小說中那極其豐富卻已日漸為我們遺忘的「大歷史」，包括政治禁忌、速食文化、臺灣的棒球夢、Call in傳播、學運、Pub、反對黨……等諸多議題。莊世鴻以寫學術論文彙編資料的能力，將一個青年的執著追尋與家國社會的時事聯結在一起，可作為近二十年這一世代共同記憶的臺灣（臺北）備忘錄看。

如果你問，這篇小說除了為過往留下見證，還有什麼特色？我想是一種示範寫史的手法，將個人微不足道的情愛、金錢的夢，通過時代的輪軸表現得激昂澎湃。九個事件鋪展成一條時間階梯，每一事件都有對照的感慨：大小對照、今昔對照、內外對照，所形成的層次與激揚的情懷，是讀者閱讀這一篇小說始終興味盎然的原因。

如果你又問，事件能不能再加精選，使整篇小說節奏更加緊湊？這要問莊世鴻。

三篇中年人的故事

張瀛太的小說創作力，明顯越攀越高，打開了具有個人特色的新局面。這幾年的文學獎競賽她無役不與，無役不奪標，瑰麗的想像與恣肆的才情的確受到矚目。〈夜夜盜取你的美麗〉敘述一個自覺「什麼也不是的傢伙」，有不知如何揮霍的祖產，卻沒有努力方向、找不到生活意義，窮極無聊幹了一件變造身分的事，但可笑的是沒有任何人在意。張瀛太筆下的變造身分遊戲，刻繪了現代人疏離的、失去「自我影像」的狀態。小說中的主角是一臨時演員，在現實生活裡像一縷遊魂，他無法成功盜取別人的身分，但在盜取的過程，在戲和真實人生交織下，呈現了一齣鬧劇般的喜感。張大春的評審意見：

我一開始看只覺得耍寶，但是越看越看出一些深層的東西……整個作品展現出我稱之為「狂調卡通」的味道，這樣的鬧劇感使得一切不合現實的描述，例如過於奇怪的巧合，都顯得合理，因為作者原本設計的調子就是非寫實性的。

小說主角隱隱感到他的生命有一些東西不斷在流失，但他的戲不能不繼續演；即使從臨時演員進至基本演員，還只是演一個歌手背後彈吉他的、只是一個影子，仍然一切聽命於導演。

這篇小說在荒謬中表現深沉的心靈課題，如推理小說細密緊扣的章法，高人一等。

蘇逸平的〈夜車〉是一篇令人憧憬的傳奇。人生的遺憾在於一切人事都無法重來，但作者卻能在半夢半醒的氛圍中，開出一班寧靜舒適的夜間公車。這輛夜車是記憶之車、理想的生命列車，是可以安撫生命缺憾的「搖籃」。坐上這輛車，曾經有過的人生遺憾，都可彌補，車廂裡的世界真像是人世所無而人心企求的「桃花源」。

蘇逸平的敘事筆調清新，頗能襯映他要述說的這一傳奇之美麗。情節從一九七〇年代起、歷經一九八〇年代以至九〇年代，他安排主角的職業為新聞編輯，不僅因為這一行過夜生活，符合事件發生所需的深夜；這一行的人長於探知，工作磁場、職業敏感原比一般人更容易碰上有意思的事。在這一輛燈光迷濛燦爛、音樂熱鬧溫馨的夜車上，編輯先後與暗戀過的少女、嚴厲的父親、為他墮過胎的女人、尼泊爾寺院偶遇的男孩重逢，他講了以前不敢說出口的話，推開與父親間的那堵牆，確切知道了深藏在自己記憶一角的人究竟的心情……最後他回到了上車的原點，看著夜車關上車門，彷彿又坐滿了恍惚的人影。這不是一個打了個盹的小夢，是任何人都渴求的大夢！

蘇逸平的〈夜車〉，令人想起日本作家宮澤賢治的童話代表作〈銀河鐵道之夜〉；接下來要談的朱天心的小說〈銀河鐵道〉，更有與宮澤賢治聯手合彈生命琴鍵的用意。

〈銀河鐵道〉收入朱天心《漫遊者》一書，王德威評介《漫遊者》說：

以其廣袤的空間意象，捕捉生命的殘骸遺跡……朱天心的第二人稱敘事者尋尋覓覓，為自己找尋安頓及安息的所在。（《聯合報・讀書人》，二〇〇〇年十二月十一日）

不論是沙漠峽谷、水鄉巷道或日本的驛站鄉野，〈銀河鐵道〉中「你」遊走的地方必定有與其父關連的時光、記憶，朱天心在生死、夢幻的遊走中，放大了過去時光的介面，把心神定焦在一些瑣細的物事風景上。

這樣的漫遊，似乎是強抑住哀傷的夢遊，由至親死亡的中心點逃離；是朱天心自覺國土（心靈的）被竊而作的神祕探勘，既是朝聖之旅，又像二度流放，在冷澀中自言自語一些經驗的、預設的以及從書中讀來的見聞，光影明滅，恍惚迷離，是無視於世俗眼光、想法的夢遊。

朱天心這篇小說不太好讀，能夠像王德威那樣讀出「後死亡情境」、「後遺民焦慮」

者絕無僅有。非專精的小說研究者，一定不能理解無所謂之漫遊目的何在？也不太能感受這樣「長篇累牘」的敘述深義。然而這確乎是一種風格，以朱天心為代表的、大量陳述體的小說。

四篇老年人的故事

張耀仁的〈大旅社〉，主角是一位六十幾歲在旅社做清潔工、年輕時曾在溫泉鄉做過應召女郎的垂暮婦人。

作者慢筆細寫這位阿姨坐在南臺灣一間狹小陰暗的旅社甬道，等待清掃六個房間時勾起的回憶：她生命中許多的第一次，青春夢，私奔，淪落風塵，以至於現在在關仔嶺小旅社討生活種種。她看到一對白髮老夫婦，想起在小學操場司令臺上偷吻她的男孩；她看到一對粗野嬉鬧專釣凱子的女孩，想起自己在臺北念書的女兒是不是也和男友上旅社睡覺？看到一位穿黑色底褲青春少年的身體，觸動了敏感羞澀的情思。在現實與記憶、外景與心象超現實的交錯中，阿姨透過那對白髮老夫婦的泛黃照片，產生驀然回首的大震撼，她的家族回憶、人生經歷一一疊映在眼前的照片裡。那對相攜相持的白髮老夫婦是她夢寐的影像嗎？阿姨內心的驚動更神祕接引出地震，將人間哀愁撕扯出無比哀切的調子。張耀仁年紀甚輕，有此功力，令人驚嘆。

本篇的語言腔調如果更質樸，丟開如：「採菊終南山下的悠然」、「震動的不只是遠山的草木扶疏」這一類套語，人物情性將更為突出自然。

二○○○年中平路寫完她的情慾第三部曲〈凝脂溫泉〉（前兩部是〈微雨魂魄〉、〈暗香餘事〉），隨即於八月推出表現時代荒謬的〈血色鄉關〉，供出一個大時代的幻滅局面，細寫人性多疑、人生殘敗的景象，生命關鍵時刻的悔痛、「最後」的催迫。

「血色鄉關」這題目，令人想起「日暮鄉關何處是」、「動離情故國鄉關」之意涵，血色是日暮之色也是心潮激湧之色。小說開場，平路讓舞臺上的景物一點一滴浮現，漸漸清晰。患了老年痴呆症的老太太發病初階在巷子口左顧右盼忘記回家的路，她挽籃子的手撐著黑傘，另一隻手堵著嘴；老情報員每次回到家門掏出鑰匙前，都先把耳朵靠近門板聽聽裡頭的動靜；一個雜誌社女記者因李文和間諜案，向老情報員打聽中美合作的事，任她如何撒嬌，他只在心裡冷笑……這裡面有人的機心城府、平庸局限，無不細膩服人。許多精采小段子化成情節，組合成渾然一體的情境，顯見小說家一步步設局、一步步解套的藝術匠心。所有的悔痛失意都因「戴先生不在」——平路以她特好的文字工夫、曖昧又明晰的喻示手法，一層更加一層地著色，描繪人物的性格、悲劇之成因，沒有絲毫冗贅或失神失手。〈血色鄉關〉裡無名的他，很可能會是現代小說中又一個典型人物！

任何題材到駱以軍筆下都能多姿多采、有聲有色地搬演成戲。「戲味十足」是他敘事的特色，像〈大水〉、〈醫院〉這樣的小說，可獨立欣賞，擺進《月球姓氏》又像是互相環扣的長篇章節。家族史能寫得如此多音交響、熱鬧有趣，必須每一個平凡的人物身上都有深刻的人情世故。〈醫院〉描寫了一群老人的生活，一個特殊世代的情義恩怨。主角一是他父親，另一個是得了食道癌住在醫院裡的他乾爹，這兩個相識近四分之三世紀的老人究竟關係如何？駱以軍用極其聳動的夢境裡的畫面表現：互以鋤頭擊打對方的後腦勺，竟是「肝腦塗地」的難兄難弟。

如果雙方都沒心眼、同一調地讚對方好，人物形貌將失之平面單調，唯其活靈活現地抓出幾件事、種下心結，生活才多面立體起來，而彼此牽絲絆藤甩也甩不掉，更增添了翻「陳年芝麻爛帳」的張力。一個說：「我和你爸爸，這一輩子，從來沒有吵過一次架。」另一個說：「呵你乾爹，一個字，孬。」一個說：「我這一生，就這一個大哥，這一個大嫂。」另一個說：「他們這一家都不是東西！」一個在人前說，一個在背後說，「他」兩頭聽來，這一群人遷移照應的故事，產生多元視角而充足飽滿。然而，駱以軍真正的意圖，似乎在解構一個族群衰老的感傷，解構上一代勉力撐起的幻相。作者筆調冷靜像說別人家的事一般，沒有隱忍、也不帶傷逝之氣，卻把隱忍、傷逝的想像全貫注給讀者。

〈貓藥〉是一篇重寫的小說。早在一九五九年，鄭清文就處理過一個簡單的「貓藥」的題材，題名〈貓咪，貓咪〉，約兩千字：阿福為了給母親治病，由阿福嫂把家裡一隻沒生過小貓的母貓殺了做藥（《聯合報・聯合副刊》，一九五九年八月二十五日）。從前的事件因敘述簡略，無法充分顯示的敘事魅力、效果，這回資深小說家鄭清文，做了一次漂亮的示範。

鄭清文的小說裡保存了許多臺灣舊時的生活情景、習俗、信仰，他的描寫手法素淨而細膩，往往在一些鄉間物事小地方上著墨，而濃淡相宜、氣韻生動。例如寫景：

稻埕角落的竹叢，靜靜的，竹梢微微彎垂。沒有一點風。偶爾有竹葉落下來，輕輕的飄，有的還會旋轉而下，在地上鋪了薄薄的一層，已枯黃了。

敘事更見豐富人情：

有時阿公吃蛋，也會分一半給他。生吃的時候，阿公先吸，留下一半。有時他先吸，用力過多，把整個蛋吸光了。那時，阿公總是笑著，摸著他的頭殼說：無要緊，無要緊。

〈貓藥〉裡的阿公病愈來愈重，作者為烘托不祥的預兆，描寫母雞如公雞般啼叫，黑狗大白天吹法螺。戰爭期間空襲警報一再地響起，也有增強戲劇張力的作用。阿公沒有等到貓藥製成就辭世了，此時爐灶上的陶鍋剛冒出濃濃的藥頭的香味。

這是一篇鄉土味濃的小說，為一個時代的百姓保存親切的身影，像樸實的木刻版畫，兼有民族學的紀實感，自有無可替代的藝術情味。

作者加油，讀者也要加油

世紀最後一年中文作家高行健獲諾貝爾文學獎，來臺訪問，文學在工商社會的聲勢空前，固令人興奮，但風潮過後，細想二〇〇〇年整體創作，除少數佳作力挺，總難除斜陽衰柳之色。

二十一世紀有轉機嗎？創作者當然要加油，讀者也要加油！如果讀詩讀小說的年輕孩子不在文學共和國裡，只圍堵在通俗偶像尖叫唱跳的場子裡，文學的大眾影響就永遠是天方夜譚。

文學須親近讀者，為堅持這一念，我特別為感動大眾的小說喝采。

——原載二〇〇一年三月一日～六日《臺灣日報・臺灣副刊》

黑潮洶湧的詩情

——詩的交流

我來自一個黑潮湧流如夢幻的島嶼——臺灣（又名：福爾摩沙 Formosa）。臺灣，山川峻峭，海灣迂迴，土地肥沃，魚鹽滋生。四百年前它即以出產硫黃、蔗糖與鹿皮著名；四百年後稻米、水果、茶葉與水產養殖更為豐足。自然氣候雖有「四季如春」的美號，但颱風、暴雨的考驗，不定時出現；在我出生的東部小城花蓮，海嘯與地震的傳言更是不斷。

四百年來，臺灣聚居了屬於南島語族（Austronesian）的原住民、明朝海上的亡命客、開臺君主鄭成功的軍隊，以及清朝以來不斷自中國大陸跨海移居的民眾。我的父母是在半個世紀前（一九四九年）隨國民政府敗戰而到臺灣。

島嶼本來就是孕育詩情的好地方，臺灣島聚集了那麼多元的種族、民情、信仰與風俗，十足令人讚嘆；更何況近半世紀中原大陸的人文薈萃，例如：我的父親故鄉是四川，我的母親故鄉是山東，他們在烽火戰亂中定情，結婚，失散，漂流過大半個中國，卻又神奇地在臺灣相遇。我想這不是少數特例。許多死裡逃生、黑夜流亡、飢餓以及向神祈求的經歷，彷彿是我一出生就流動在血液裡的故事。加上求學時《詩經》、《楚辭》的情感象徵，《莊子》、《老子》的生命召喚，不同人生型態的參照、對映、比擬，既是我思維所關注，也是我筆下所亟於表達。於是我寫我的生活、我家族的故事、一個世代的圖像，即使是很細微的一小點，也都有世緣的看法、夢想的寄託。

回想我開始在雜誌發表詩作的時間，一九七二年，臺灣詩壇正是現代主義與民族詩學衝激交會的時期。我不可避免地受到現代主義創作技法影響，強調隱晦的內心世界，傾向潛意識感官意象交錯互換的表現，或訴諸本能、直覺，從主觀將外象變形以產生新視覺。但我又無法忘情中國古典詩詞的意境，覺得詩應該蘊蓄人生意義，不能只是耍弄一些曖昧的詞句，詩要用準確的字、準確的細節，讓讀者讀出創作者的精神。國語（北京話）與臺語（閩南語）的揉混，古今不同句法結構的交融，文化中國與鄉土臺灣之間的張力，主流與邊緣、莊肅與戲仿的思省……在在成為我下筆時的挑戰。

《神祕的花蓮》(*The Mysterious Hualien*) 是我詩作的第一本英譯集，在這之前我雖曾以電腦打印一本十七首英譯詩的小冊子，包含陶忘機 (John J. S. Balcom) 翻譯的四首詩在內，但並未發行。《神祕的花蓮》選譯了三十一首，最早的是一九八五年寫的〈雨水臺灣〉，最近的則為一九九八年寫的〈神祕的花蓮〉，顯示我的人文地理與情感追求的黑潮。

我不知道像〈喚心肝〉("Calling Honey") 這樣的詩在翻譯過程會不會喪失原有的情色暗示，〈住在衣服裡的女人〉("The Woman Who Lives in Her Clothes") 還保有「肌膚相親」的觸感嗎？無論如何，我期望英文讀者也能產生相近的閱讀感受，如同我在臺灣透過翻譯，閱讀法國詩人艾呂雅 (Paul Éluard)、亨利・米修 (Henri Michaux)、德國詩人里爾克 (Rainer Maria Rilke)、俄國詩人阿赫瑪托娃 (Anna Andreevna Akhmatova)、波蘭詩人辛波絲卡 (Wislawa Szymborska)、美國詩人狄金森 (Emily Dickinson)、墨西哥詩人帕斯所引起的靈魂驚喜或顫慄。我當然知道自己與上述大師的距離仍遙遠，但其間的距離正是每一位創作者都必須迎接的挑戰。

——原載二〇〇一年七月十日，《世界日報・副刊》

堅持文學閱讀

秋空爽朗，讀新世紀元年（二〇〇一）「聯合報文學獎」作品，更覺神遠氣清。人生的目標、萬象的特質以及文學的成規，表現在每一個單篇作品裡，不僅看出這塊土地上的人的所思所想，更在這一具有價值評斷的文學活動中，看到明確的文學方向，作為世紀承傳的羅盤標記。

這批得獎作品真好！在報上刊登時讀一遍，有脫穎而出的好！結集前再讀一遍，又讀出另一種好來。好在那裡？在貼近我們的生活世界，令我們感到親切。只要社會大眾還保有文學閱讀的能力，則作品中的喻義、美學，是可以化為人生實踐基礎的。

談到文學閱讀功能，不能不想到雅各布森（Roman Jakobson, 1896–1982）提示的觀點。換一種說法大約是：

文學閱讀讓我們認知歷史與社會環境。
文學閱讀讓我們關注情感的歸屬及釋放的能力。
文學閱讀提供我們主文化、次文化的相關訊息。
文學閱讀引發重要的文化討論，加強集體的緊密性和團結性。
文學閱讀提升我們以不同形式改作的興趣。
文學閱讀開掘我們審美的能力。

文學作品儲藏了許多認知信息與情感信息，以不同的符碼架構不同的意義層，它不同於新聞，更不同於宣傳。我們珍視中文新文學創作以報紙副刊為重要基地的傳統，然而我們必須指明文學閱讀與其他一般閱讀不同，大眾不該以生物學、醫學、工程學、經濟學對社會具有的干預能力看待文學。真正的文學閱讀習慣如能重振，它是會在理想主義失敗的地方，發揮出它的功效。

當許多人漠視文學閱讀時，我們知道文學對人生悠遠的影響。去做一個文學研究者或文學讀者，「文學研究者和文學讀者看來為數不多，然而科學家也為數不多，但是卻沒有人會否認他們在現代社會中的重要作用」，這是國際比較文學協會名譽主席佛克馬

(Douwe Fokkema, 1931–)在北京演講時說的。

二〇〇一年「聯合報文學獎」選出的作品，具有新世紀指標意義。取各類的最優作品為例：

武俠小說〈青雲路〉，盧郁佳作。張大春推許為一篇對武俠小說打開新生路有幫助的作品。陳曉林給了它「千錘百鍊」的讚詞。

短篇小說〈虎爺〉，吳明益作。彭小妍說它用了西洋技法表現臺灣民俗現象，切入點精采。范銘如評為清新而有誠意，既能抵銷俗濫概念，又能巧妙結合出新感覺。

散文〈度父〉，呂政達作。周芬伶稱道其突出的文字水準，交織的敘述層次與力度。何寄澎肯定此文幾乎找不到瑕疵。

新詩〈告解〉，羅葉作。林泠說它意象十分驚人；焦桐說它舉重若輕，帶給閱讀者極大的喜悅；向陽讚美作者對生命調侃充滿了美感。

秋空爽朗，堅持文學閱讀，確實有滿樹紅熟的柿子教人喜悅！

——原載二〇〇一年十一月二十日《聯合報・聯合副刊》

散文的傳統

熟識中文創作的人，對先秦諸子散文、漢代紀傳體散文，以及李密、陶淵明、江淹、庾信等人的六朝文，韓、柳、歐、蘇代表的唐宋文，必不陌生。清初吳楚材、吳調侯叔侄編注的《古文觀止》，網羅歷代名篇雖有遺漏，但大體輪廓的掌握分明，仍是研讀古代散文最重要的讀本。

今天我們讀古代散文，除《古文觀止》上的文章，《論》、《孟》、《莊》、《荀》，也不可棄，因為具源遠流長的文化氣質。歸類為小說的《世說新語》，寫人敘事清雅生動，當小品文讀也不錯，可欣賞它精鍊的筆觸、機智的餘情。而繼明代歸有光、張岱之後，猶有黃宗羲、袁枚、姚鼐、蔣士銓、龔自珍……

古人說：「文之思也，其神遠也」，又說：「事出於沉思，義歸乎翰藻」，當文統與道統釐清，藝術的想像力與語言的精緻性即獲得高度發揚；迨至明代獨抒性靈，清代提倡義法，民國梁啟超錘鍊的新文體（雜以俚語、韻語及外國語法），兩千年來中文散文的山形水貌，遂更見壯麗。可惜今人不察中文散文有其獨特鮮明的傳統，往往以西方不重視散文為名，任意貶損散文價值，誤導文學形勢。

究實而言，粗糙簡陋的經驗記述，與不具審美特質的應用文字，當然算不得散文，就像這世界充斥許多聲音，只為溝通、發洩之用，或無意為之，毫無旋律可言，也就算不得是音樂。但我們不能因為聲音之產生容易而漠視聲音之創造，同理，不能因「非散文」之充斥而不承認散文所展現的生命價值、啟蒙作用。〈庖丁解牛〉、〈出師表〉、〈桃花源記〉、〈滕王閣序〉之所以千古傳誦，正在於作家內在精神之凝注與文學意趣之揮灑，代代有感應。

清末劉熙載〈文概〉講述作文七戒：「旨戒雜，氣戒破，局戒亂，語戒習，字戒僻，詳略戒失宜，是非戒失實。」分別關切文章的主題、文氣、布局、語字、結構、義理，我們拿這個標準來檢視現代散文，也很恰適。試以現代（白話）散文前期名家的看法為例：

周作人主張：散文要有「記述的」、「藝術性的」特質，「須用自己的文句與思想」，「真實簡明便好」。

冰心主張：散文創作「是由於不可遏抑的靈感」，並且是以作者自己的靈肉「來探索人生」。

朱自清主張：「中國文學大抵以散文學為正宗，散文的發達，正是順勢。」他認為散文「意在表現自己」，當然也可以「批評著、解釋著人生的各面」。

魯迅主張：小品文不該只是「小擺設」，「生存的小品文，必須是匕首，是投槍，能和讀者一同殺出一條生存的血路的東西；但自然，它也能給人愉快和休息」。

林語堂說小品文，「可以發揮議論，可以暢泄衷情，可以摹繪人情，可以形容世故，可以札記瑣屑，可以談天說地」，又說散文之技巧在「善治情感與議論於一爐」。

梁實秋特重散文的文調，「文調的美純粹是作者的性格的流露」，「散文的美，不在乎你能寫出多少旁徵博引的故事穿插，亦不在多少典麗的辭句，而在能把心中的情思乾乾淨淨直截了當地表現出來」。

以上這些話皆出現在一九二〇年代，可見白話散文的基礎一開始就相當扎實。

梁實秋以降，臺灣文壇的散文名家，從琦君到張曉風，從林文月到周芬伶，從王鼎鈞到簡媜，從董橋到蔣勳，並時聚焦的大家如吳魯芹、余光中、楊牧、許達然，幾乎沒有一個不是集合了才氣、閱歷、豐富學養與深刻智慧於一身。他們的散文大筆馳騁自如，頗能融會小說情節、戲劇張力、報導文學的現實感、詩語言的象徵性。散文的屬性被發揮得淋漓盡致，散文的世界乃益加遼闊；散文的樣式不再只循舊式美文、雜文、小品文或隨筆的路徑，科學散文、運動散文、自然散文、文化散文或旅行文學、飲食文學，為人間開發了無數新情境，闡明了無數新事理。

隨著資訊世紀的來臨，文類勢力迭有消長，我預見散文的影響力將有增無減，柳宗元談讀諸子百家的收穫，曾說：

> 參之《穀梁氏》以厲其氣，參之《孟》、《荀》以暢其支，參之《莊》、《老》以肆其端，參之《國語》以博其趣，參之〈離騷〉以致其幽，參之太史公以著其潔，此吾所以旁推交通而以為之文也。

今人亦必先了解當代散文名家的藝術風格、表達技法，方能於自我創作時創新超越。歡迎有志於文學的朋友，從閱讀散文下手。

——原載二〇〇二年六月六日《聯合報・聯合副刊》

做一個優秀的剽竊者

年少時接觸的外國文學作品，大多是小說，不同的年代閱讀的，有大仲馬 (Alexandre Dumas)、海明威、湯瑪斯曼、川端康成、卡謬 (Albert Camus)、沙特 (Jean-Paul Sartre) 等人的作品，但僅止於欣賞者的閱讀，並非為了創作學習。

三十年來我的寫作文類主要是詩，早期接觸學習的對象是中文詩，特別是古典詩人的作品，從《詩經》到大家熟悉的杜甫、李白、清朝的龔定盦，可說一直耽溺在中文詩的語境中。當然，在我十幾歲摸索寫詩時，當代臺灣詩壇前輩的一些作品，對我也有相當多啟發。在那樣一個年代，由於自身的學習背景，接觸的外國詩人很少，大約僅有印度的泰戈爾 (Rabindranath Tagore) 以及英國的布萊克 (William Blake)，著名的《漂鳥集》或是琅琅上口的「一粒砂中看見一個世界，一朵花中看出一個天堂」，常常拿來當格言欣賞。

直到一九八〇年代後期，臺灣解嚴，我才開始了遲到的心靈解嚴。從我幾本詩集的命名即可看出其中分野，前期詩集的名稱叫《落日長煙》，從王維「大漠孤煙直，長河落日圓」轉化；另一本詩集叫《青衫》，當然會想到白居易的「江州司馬青衫溼」；第三本詩集《新婚別》，典出杜甫的詩，這些都有著非常明顯的古典氛圍。

接下來我開始接觸外國詩，做了比較積極的閱讀，此後出版的詩集是《不能遺忘的遠方》，「遠方」對我產生了震撼。「遠方」不僅指遠方的詩，也包括遠方的音樂家像巴哈，那樣一種音樂的震撼。接下來的兩本詩集是《不安的居住》和《我年輕的戀人》，在這兩本詩集中也呈現了自主性比較強的心路歷程。寫作的人都曉得，年輕時詩來自自身，彷彿源泉自內噴湧而出，是一種和生命搭在一起自然湧發的熱情。及長，開始尋找包含外部化生的詩，那是一種學養、深思與體會。

以前閱讀古典詩，完全耽溺在單一的語境之中，單一的感應、單一的心境。好處是這種無阻的、一致的閱讀，延續了創作無憂的熱情；缺點是少掉從身外再度發現詩的能力和欲望，缺少當代創作的臨場感。

雪萊 (P. B. Shelley) 曾說：所有同時代的詩人，都在為一首不斷發展的偉大詩篇貢獻心力。但我三十五歲之前對於當代創作，不論中西方一直不斷發展的這首偉大的詩，顯然沒有貢獻，只侷限在一個片面。十幾年後回頭去看，中文系出身固然給了我某一方面的自信，閱讀及生活經驗的侷限，也讓我在對外開展上遲到了相當長的一段時間。

在我開始透過翻譯和少部分的英文原文閱讀外國詩的十餘年中，我受到的影響是什麼呢？

我並非在找尋名作中的標準讀者，我也不是在找尋文本背後——即作者真實的意思，那都不是我主要的目標。我其實在投射自己，投射到一個對三十五歲之前的我來講，那麼新奇的情境之中，希望能夠增長自己的經驗歷練，鍛鍊自己生命的質感。

在這樣的過程中，我發現了那首詩，同時也有被那首偉大的詩篇發現的痴迷、快樂，感覺彷彿它們也看到了我，而我不得不出聲回應。這是一種很喜樂很積極的閱讀。所以當我讀聶魯達詩，寫了一首〈外星人日誌〉，學他那種抒情腔調；當我讀法國詩人艾呂雅詩，寫了一首〈宵禁〉，我和他產生了跨時空的境遇共鳴；當我讀艾略特 (T. S. Eliot) 詩，也寫了一首〈孢子之歌〉，純然是種興會，覺得這樣的一個大詩人寫過一首詩給他妻子，我也來和一首。

西方詩給了我創作的觸發，給了我一種異國之感，是有別於你我的「他者」。由於我不是一個西洋詩的研究者，在那樣的閱讀當中，可以非常自由，像神祕主義的漫遊者一般，不從西方的文學傳統或創作系統中去找那把閱讀的鑰匙。根本是自己可以拿著任何一把鑰匙隨意開啟，甚至是有意地在找誤讀的經驗，這樣的誤讀可以提供我再創造的機會。就好像一個成長的孩子，需要奶粉來補充，卻可以完全不知道它的成分，只要知道它對我有用，知道我需要它，知道它是好的。

在這種觸發過程中，有時產生的是一種完全不搭軋的形式或內涵，也許別人看不到，但我知道這依然是模仿，是我心中在向這位大師致敬，在進行個人無聲無臭的詩的革命——寫作方法的革命。艾略特曾說：「優秀的詩人不露聲色的剽竊別人；但蹩腳的詩人暴露出他所受的影響，他用了別人的聲音。」我希望我能繼續做一個優秀的剽竊者，而不要做一個蹩腳的只是反射出別人聲音的人。

——原載二〇〇二年九月三十日《中央日報・中央副刊》

文學的奈米實驗

——從極短篇到最短篇

文學拒絕定義。詩、小說、散文、戲曲，都是文學，但詩、小說、散文、戲曲的敘述方法不同，「文學性」的鑑定標準也不同。同樣是詩，《詩經》、《楚辭》、樂府以及絕句、律詩，形貌都不同。同樣是小說，魏晉志怪、唐傳奇、宋元話本以及明清章回小說的體製都不同。同樣是新詩，不僅有浪漫主義、現實主義、現代主義、後現代主義的分野，更有前衛詩、圖象詩、散文詩的變奏「攪局」，你如何去定義這是詩，那不是詩？如何說得清詩有幾種條件？只能說各種各樣的文本提供文學研究各自的途徑，定義永遠不可能周延，也不可能一成不變。

有了這樣的認識，再來看副刊文學，看文學之變，才能欣賞各種反「文類傳統」之嘗試，沒有固定模式的創作。

當代比較文學名家鄭樹森對極短篇文類做過深入考察，並編譯《當代世界極短篇》一書（一九九三年爾雅發行，已絕版），說明篇幅長短非僅由物質生產條件決定，更在於作家回應一種文學類型的藝術決心：

> 契訶夫長期緊守短篇及今人視為極短篇的範疇，而托爾斯泰 (Leo Tolstoy) 在大部頭長篇之外，也有不少短篇製作。匈牙利小說家伊斯萬・珥肯納 (István Orkény) 以閱讀時間來界定極短篇，稱自己的作品為一分鐘小說。阿根廷小說家安力奇・安德遜・殷貝特 (Enrique Anderson Imbert) 曾創作大量稱為 casos 的迷你故事。德國小說家賴恩哈特・列陶 (Reinhard Lettau) 更以一本從數十字到數百字不等的短篇集《障礙》躍登國際文壇。

臺灣極短篇的出現，首見於一九七八年二月的《聯合報・聯合副刊》，在極短篇專欄和極短篇文學獎的鼓舞下，豐收十餘年後出現疲態，作品結構套式一再的因襲，限制了小說對人生寬廣的透視，原本設定在一千以內的字數逐漸加長至一千二百字、一千五百字，甚至逼近兩千字，大大減損了「以最少的文字表達最大內涵的故事」（一九七九年七月十一日《聯副》編按）的精鍊要求。極短篇的續航力遭到質疑，其發展是否已到盡頭，時常為我所思索，而副刊因字體放大、行距加寬、留白增多、影像圖片擴充使得字數急速縮減，更是編者不能不面對的問題。二十年前一萬五千字一整版，至今則六千字不到，中長篇小說連載固早已成空想，連一萬字的短篇小說也產生四五天登不完的困惑。

小說創作能不能向更短挑戰？可不可以像小詩、小品那樣短而仍然是小說？一如微米 (micrometer) 已經小到百萬分之一公尺，科學家又發現了十億分之一公尺的奈米 (nanometer)。奈米科技運用在尖端材料、電子資訊工業及生物醫學上，大大提昇了材料的密度、活性度與偵測靈敏度，這是微米結構做不到的。諾貝爾物理獎得主理查・費曼 (Richard P. Feynman) 說：「在微小世界仍有許多空間。」文學家蘇珊・桑塔格 (Susan Sontag) 說：「把一件東西縮小，為的是便於攜帶。」無以名之而只好稱之為「最短篇」的小說，正是在極短篇的質地縫隙中誕生的，兩三百字以內的最短篇比起一千多字的極

散文創作與時代感受

一九七七年，臺灣散文十大名家評選，張曉風列名十大。一九九三年，散文名家十二大評選，張曉風也在榜上。今天是二〇〇三年，如果我們再做一個評選，我相信十大名家裡邊，她的地位依然屹立不搖。但回顧一九七七年當時名列十大的，有的早已退位，有人再經提起，大家也不見得點頭了。這就驗證了，一個優秀的、傑出的散文作家，要能夠參與不同世代的競賽，而依然能形塑自己風格，領先創作趨勢，這才是真正的作家。今天參與座談的張曉風就是這樣的一個代表人物。

我自己十幾年來的散文創作是荒疏的，剛剛張曼娟說我也是一個散文家，我覺得慚愧。一九八九年張曉風編的《中華文學大系·散文卷》收錄有我的作品，但在二〇〇三年時我已經沒有作品被選，可見自己在散文創作方面很不長進。

從個人熟悉的角落出發

我愈來愈覺得，散文非常難寫，如果有誰認為散文好寫，那實在是太淺薄了。我相信散文寫作需要很多的條件、很多的磨練，二〇〇二年我讀《中國時報．人間副刊》，印象最深的專欄就屬曼娟所寫。曼娟當時描寫年輕女性感受的作品，那麼透明、熾烈、大膽，表面的敘述很平靜、文筆很優雅，卻能挑動讀者內心底層波濤洶湧，讓我非常驚訝。它等於代替許多女性發言，讓男性對女性有了新的認識。我曾思考到為什麼她的作品讓我印象深刻？因為有強烈、特殊的個體感受！愈是有個性、有個體感受的，愈有普遍的時代意義，因而也就是集體的、大家的感受。如何能夠在個人書寫經驗中展開一個集體的面相？用很簡單的話回答，就是從自己熟悉的角落出發。你的那個角落不能和別人的角落都一樣，如果一樣，那就沒什麼好寫了。這是我第一點要講的。

追趕時代，解釋時代

第二點我要談：好的作品，它讓你強烈地感覺到一種改變。這個改變包含了題材和寫法，觀念和觀點。我長時間閱讀臺灣作家的創作，有時蠻感慨的。譬如說我看一九六〇年代臺灣最優秀的文藝雜誌——《幼獅文藝》上面很多優秀的、當紅的作家，到一九八〇年代，已經退居到第二線了。到了今天，我們看這等作家的稿子，雖然還留有一種歷史的情感，覺得自己在十幾歲時看過他的作品，那時他多厲害啊，但是今天為什麼已覺得平庸陳套了呢？原因就在於他沒有改變從前的自己，他依然活在過去。他可能還活在張秀亞、活在琦君的那個時代，張秀亞、琦君，有她們的眼光、她們的時代感受。但你到了二十一世紀，還那樣學寫就不行了。一九七〇年代三毛創造過風潮，顛覆了在她之前的閨秀的、穿旗袍的女性作家寫作的題材範圍。她寫穿著牛仔褲跑到天涯海角，嫁給外國人，潛水、游泳，然後不斷的旅行邂逅的那種浪漫生活，因為她延伸了時代觸角，所以她的寫作變成有意義的。張拓蕪也是一樣。他寫大兵生活的《代馬輸卒手記》，迥異於以前那種書房的、儒雅的生活背景，確實紀錄了一個時代。但如果他的寫作不能持續開拓、不能夠再創新的話，那麼那時代不可能停留太久，很快地就被下一位作家表現的時代結束掉。

文壇像叢林一樣殘酷，寫作本來就是一項很大的挑戰。我特別覺得散文家，比起別的文類作家更有需要掌握新世界的急迫性。今天是一個航空資訊的時代，是一個工業、商業的時代，包括廣告的一些新思維、新語彙，你都必須具備，這樣你才能夠穿透一道道人世間的牆、開啟一道道新的視野。我們看到西方電影界非常努力，不斷翻新技術，也處理了很多炫奇的、充滿想像力、富有挑戰的題材，我們的散文家也應該如此，必須要追趕上他的時代，解釋他的時代，不能再留在唐朝、留在冰心的時代。我自己這些年來，觀察散文的發展，持續做了一點編選工作，我覺得在這個時代，哪怕你寫的是情感，都要把情感知識化、系統化，不能像從前一九五〇，那種非常安穩的、資訊不流通的年代，直接抒發一種情緒。時至今日，如果只表達一種呢呢喃喃、自說自話、自以為是的情緒，沒有人會在乎你了。

昨天我特別翻了一下《天下散文選》，重讀張曉風那一篇〈只因為年輕〉。張曉風是中文系代表作家，過去有一種貶抑中文系作家的說法，會說你們就是詞彙比較多、比較注重修辭、比較美文。其實不然。張曉風詮釋人在世上，到底會不會受傷，受傷有什麼意義價值，其中有一節提到她去當經濟學的旁聽生，讓我很震動，沒想到一位中文系教授，會去旁聽經濟學、人類學、或是政治學的課。而且聽課還真的用心，很有感覺。她說她聽課常常一句話就聽得淚下如麻，我們讀那樣的一篇作品，會發現她不斷地在展開她體察時代的新角度。

不同作家寫同一本散文

第三點要講的是，當代的散文家都在寫同一本大散文。譬如劉克襄，因為掌握生物學，所以他寫自然生態這一章；顏崑陽寫〈老鼠的傳人〉，講到一些勾心鬥角的社會場域，特別是政治界的分贓貪權十分傳神；董橋告訴我們的是一種人文品味；蔣勳告訴我們的是一種美學眼光；陳芳明講的是轉折多變的時代一種浪漫情懷下積累的東西；林文月寫的是像臺靜農、鄭因百先生那一個時代的人情世故；廖玉蕙寫的是喧嘩市聲的捕捉與排遣；周芬伶寫的是女性心理的裸裎與熾烈；楊牧回頭寫山風海雨，寫他的童年，何嘗不是重寫他生活過的社會，從他的年幼、少年、青年一路婉轉入微地寫下來。我們看余光中的散文，在機智中也會有生活在同一時代的對照。從前他寫聽聽冷雨，那種遙遠切切的鄉思，晚近他寫去到山東，發出文化的禮讚。今天在臺上的阿盛，像他那篇名作〈廁所的故事〉，我從前看覺得興味盎然，昨晚再看，依然會心微笑，覺得真有意思。寫臺灣

當代散文家評點

張曉風（1941－）

張曉風是大散文家。

她總有能力將語言的旗幟插上他人不敢預期或無力面對的現場，用她擅長的戲劇對話，詩一般的譬喻手法。沒有古典與現代的扞格，沒有知性或感性的躊躇。

無需標新立異，而能自不可能出手的角度出手，靠的是見識與感慨的積累，藝術與人情的交融。除〈地毯的那一端〉等久經傳誦之作，張曉風寫人的篇章最見深情美感，杜奎英、史惟亮、俞大綱、李曼瑰，都已過世，卻又在她筆下栩栩如生地活著，像貼了金箔的秋野，光華繚繞。

劉克襄（1957–）

自然寫作在臺灣，起始於一九八〇年代初，劉克襄領先投入，持續至今，寫作策略鮮明、能量充沛，是最具代表性的旗手。

現代「自然寫作」，以人文地理探查為經，以動植物生態觀察為緯，是趨近真與善的強力探求，不同於古代文士優游林泉物我兩忘式的陶醉。現代自然寫作者的書房流動在無名的溪流與山野，除環境史、生物學、生態理論等知識必須具備，還要有赤子的敏銳、詩人的情懷、苦行僧的毅力，能忍耐困頓孤寂。劉克襄正是這一類型散文家的典範。

從他的散文可以看出不同時期的自然關切與實踐：觀察者的內心與被觀察者的行為，交織而成的既細膩又壯麗的人與自然的樂章！

顏崑陽（1948–）

不愧為莊學名家，顏崑陽的散文（特別是一九九〇年代中期以後）「寓真於誕，寓實於玄」，複麗奇詭之至。

綜論顏崑陽之寫作成就在：以虛構、聯想為現實加工，融匯理性思維與抒情風采，拿捏文法斷續之妙，鑄造別有寄託的敘事篇章。他不僅將人物、動物（例如龍鼠龜狗）搬上寓言文學舞臺，自家居處的一堵牆、用過的一根湯匙，以至於一齣戲、一張舊照，到他筆下，也都成了類型性符號，具有開啟生命黑箱，點化智慧的深義。

以散文創作中的寓言品類而言，顏崑陽兼攝新文學前輩名家魯迅的憤鬱與許地山的溫馨，別開生面。

蔡詩萍（1958–）

兩性氣息的詭祕，兩情嬉戲的迷離，半掩與全裸之身的試探，墜落深淵的性的嘶喊，具現蔡詩萍散文最魅惑的元素，由真誠袒露塑成的主體。

在愛情即人生的象徵架構下，蔡詩萍意到筆到，時而如風雲翻捲、急水奔流，時而如潮浪往復拍擊，擒拿縱放間流洩出蕩人心弦的韻律。

多變的敘事觀點交織多樣的敘事手法，描繪生命不同階段的觀察，反哺刻骨銘心的戀人箴言，以新奇的情節翻新了當代情愛散文的風貌。

阿盛（1950– ）

阿盛是無可取代的鄉土作家。在磚庭土厝的變動光影裡，在民間底層人物的辛酸記憶裡，他創造了一種獨特韻致的「說書」風格。滄海桑田牽引的生活細節，百味雜陳的生命體會，以及煙熏斑駁的信仰，到他筆下都栩栩如生地存活。

將近三十年寫作歷程，阿盛寫下不少令人難忘的傑作。演述文章的正宗大法，見證世事洞明人情練達的文學真義，為近半世紀他所親歷的臺灣立傳，誠懇樸厚，誠一代名家手筆！

陳芳明（1947– ）

陳芳明是一位詩人歷史家，抒情果敢，深識而盡意。

因介入政治現實，從而印證文學思維，他的文字流注著異乎尋常的革命氣質，知識分子巨大的浪漫心影。

他最教人著迷的，是文化人物的描繪，骨血生成，鍛接了臺灣的魂魄。寫別人的同時，也勾勒自己的生命：如何在轉折多變的時代，吞咽下自囚的沉鬱、漂泊的痛楚。舉凡家國身世的論辯，知識輿圖的建構，命運枷鎖的開啟，陳芳明都有鮮明的立場，刀刃寒光奮動，異質而又合拍，蒼涼而又強悍。

廖玉蕙（1950–）

廖玉蕙敏慧多情，又擅於寫情。只說她筆底匯聚許多人的前塵舊夢，而不察她那戲臺何以鑲了金般璀璨，是不夠的。只說她有細膩的攝像能力，聲色逼真，而不明其內藏的情性底蘊，更是不足。她以憨、痴對抗人世的假面浮淺，不惜將尷尬的幕後景象搬到臺前，讓人看翩翩彩翼起舞的歡愉，也看蝴蝶倉皇換裝之際的痛。

越是識得人生滋味者，越能體會廖玉蕙以人生情淚換取千萬讀者一粲的用心。

余光中（1928–）

余光中不需要推薦，四方都傳誦他的詩文。他引領讀者在人文情思的路上觀奇涉險，在想像力的鍛鍊與世事的認知上獲得多重驚喜。

余光中的散文如奇峰異嶂層疊，未讀一九六三年的〈鬼雨〉，不能算是入了山；錯過一九六六年的〈南太基〉、〈望鄉的牧神〉，一九六七年的〈給莎士比亞的一封回信〉，一九六八年的〈下游的一日〉任一篇，都不能算是。一九六〇年代他同一時期的作品各具奇妙音頻，嗣後，抒情寫史，精理為文，創作更是變化萬千，展現了宗師型人物不同年代的豐富修為。

楊照（1963–）

楊照是一位博學廣識，能「與時為消息」的作家。他描寫年輕時衝撞體制、困局突圍的故事，洋溢著英雄逐鹿的情懷。文筆夭矯多姿，常帶大散文的氣勢。

他以自己的經驗圈點社會變遷的光影，分辨人生的悲哀或這樣那樣的事理；以教人錯愕遺憾的環境突出知識分子的反抗或驚怵，敢於揭露美醜——既揭露他人，也揭露自己，為壓抑的年代增添了吸引人閱讀的傳奇。

羅智成說，楊照擅於將個人體驗渲染成某種知識的關鍵或時代的隱喻，的確是楊照本色。

周芬伶（1955–）

周芬伶創作散文逾二十年，自其作品觀之，純真與逸蕩的賦性兼融，精約與繁複的形質交映。她寬解人生糾葛，洞識情根，表裡瑩澈。

周芬伶的散文成就在：描寫遭遇的甜美、苦痛、輾轉、怔忡時，能黏著深入，也能疾轉蕩開，看去只是自家的細節，卻正是千萬人在同一戲臺上搬演的搏命大事。

蔣勳（1947–）

得自史學、佛學、美學等多元的薰習，使蔣勳對歲月、禮儀、人世間的各種符號，有異於俗眾的敬重。常民生活的細膩體貼，則養護他一顆敏感溫熱的心，使他能自在地行走在繁華與廢墟的遷變裡，而不虞元氣消散。

像在灑金的絹帛上摹寫一篇篇紅塵眷戀，蔣勳的散文，但有悲情而無憤意，也因充盈著慧智，一些看似不打緊的話在他口中出來，竟變得十分要緊了。

張曉風說蔣勳善於把低眉垂睫的美、沉啞瘖滅的美喚醒，不愧知音！

董橋（1942–）

董橋，一位身懷雅趣而文章自成風格的名家。他讀書多、閱歷廣、悟性高，敬重深情而有思想底蘊的人，實則他本人正是這樣一種典型。

三十年墾拓，董橋創造了一座風致雋永的文字花園，「青帘沽酒，紅日賞花」是他筆下的情采，也是他的生命情調。他有說不完的故事——說不完那些有意思的人物、古玩與書中天地，令人沉醉遐想。

林文月（1933–）

林文月創作散文逾三十年，遊心於人世，尋思於學府，描寫生命因緣、歲月感悟，以個人獨特的歡愁與同時代的光影契會，如風行水上，自然成文。

古人云「非文之難，有其胸次為難」，林文月的散文冰清慧美如其人，原因正在於她胸中谿壑有深致。

何寄澎曾以題材的新變、體式的突破、風格的塑造、風氣的先導四點，推崇林文月作品在散文史上的意義，實精闢之見。

平路（1953–）

平路的文筆飽含詩意的審美質感，在臺灣小說家中極為罕見。她探求人生的問題意識，以智性思維抽絲剝繭，尤屬難得，因此平路不僅小說優異，散文創作也能獨樹一幟。

平路的散文除文字乾淨、語法精微外，更擅於在紛繁情境中擷取停格畫面，以表達獨特的見解、深藏的情理；不論寫靜物、動物，解讀影像或文字，大至於歷史文獻，小至於星座遊戲，都能凸顯女性最尖端的智慧。

讀平路散文，讓我們知道，我們的世界之外還有一個新奇的世界。

陳玉慧（1957–）

陳玉慧長於說故事——許多參照的人生情節，她自己的，別人的，天涯海角的；把別人的故事當自己的故事想，把自己的故事當別人的故事看，掀翻底層，編織莊嚴與荒謬。

她是傑出的國際採訪記者，在世界不同文化中漂流的作家。她的新聞工作要求第一時間的敏銳反應，她的文學心靈卻凝聚情感、回憶，著眼於一些謎樣的傳奇，教她追索時間座標之外的夢想。

陳玉慧的散文，形象剔透，例如年輕時寫的「雪地上的陽光好像憂傷中突然驚喜時的淚水」，「寂寞像一件衣服穿在他身上，他只有那件衣服」。晚近之作，帶著閃爍的生命訊號、異國姿采，例如我愛讀的〈一九九八年旅行手札〉，從開普敦到西貢，從熱帶雨林到紐約曼哈頓……，她的描寫總教人出神！

劉再復（1941–）

劉再復，華人世界極具影響力的知識分子。他放懷古今中外，學問趣味寬廣，能研究，能創作，生命湧動著越界的思維和天啟式的告白。

劉再復為文，時而雄奇豪放，時而溫柔簡潔，他的文章總有令人震懾的場景：一些人類命運的困惑，或人間情義的課題，以精準的意象，綿密的抒情性，成為這個時代難能可貴的、有尊嚴的哲思錄。

不可能衰亡，但更加艱苦

——對副刊的一點看法

臺灣報紙副刊的黃金時期是不是已經過去？像我這樣一個躬逢報業盛世（一九七〇年代後期至一九八〇年代中期），置身副刊編務二十幾年目前仍然在職的人，真是一個不堪究問的話題。

照道理講，一九八〇年代迎來了「資訊社會」的曙光，媒體應該更加興旺才是，何以從前在副刊上登出一篇文章天下人盡知的傳播威力卻不復見？

首要的原因，是臺灣解嚴、報禁解除，新聞版面（正刊）的言論開放，議題不必在副刊展開。報紙加張，從三大張（十二個版）擴充至六大張、十二大張以至於十五大張（六十個版），副刊原本占有十二分之一的焦點目光，稀釋成六十分之一。

第二個原因是新傳播媒體的興起，特別是有線電視二十四小時全天候播報新聞、放送節目，改變了大眾的閱聽習慣，寧取惰性收視而不作思考性閱讀，報紙的接觸率從高達八九成降至不到五成。大眾對整份報紙的倚重明顯下降，副刊的閱讀率隨之下降。

第三個原因是社會的娛樂消費性格愈演愈烈，上焉者短視急功，下焉者偷窺為尚、八卦成風，「文字教養」的價值重挫，以文學為主體的副刊被視之為無用，也就不足為奇。

第四個原因是寫作者的問題。二〇〇三年「聯合報文學獎」短篇小說獎決審會議評審陳映真、鄭樹森、唐諾不約而同指出，當今的創作敗格是只顧看著自己肚臍眼，我、我、我的夢囈呢喃。文學寫作者一旦放棄了深刻的理想而以狎邪嬉戲相標榜，作品必同時失去心智與智慧雙重的力量。

在如此艱難的處境下，副刊編者必須改變思維，從副刊從屬於大眾的戰略布局，轉而認知到不可能屬於大眾，亦何妨屬於分眾而只要其礦脈不絕。就像文學的價值不單以一時橫向的影響面計量，還在於不同時地縱深的累積。心態掌穩了，就不至於出現父子騎驢上下失措的窘境。

在戰術上，副刊編者因應新世代閱讀習慣，必須削減文字總量，使讀者沒有閱讀負擔，不致畏難而逃。目前《聯合報．聯合副刊》每天刊登的文章總字數只及二十年前的五分之二，另外五分之三的空間哪裡去了？答案是字體放大，留白增多，加上更多元的影像資訊（如：幾米的繪本連載、朱德庸的幽默漫畫、王明嘉的圖形思考，以及名家薈集的「聯副不打烊畫廊」）。

回顧二〇〇三年的《聯合報‧聯合副刊》，還有三項具體的做法可言：

一、大量舉辦全民參與的小型徵文（篇幅大約三、五百字），強化與讀者間的互動。例如：「我很想你」徵文，「旅行V體驗（What's Your "V" in the Trip?）」徵文，「手稿情書」徵文，「送花一首詩」徵詩，「我最難忘的小說人物（或場景，或對白）」徵文。

二、大量與社外機構合辦大型活動，為副刊在文化界發聲定位，例如：主辦白先勇《孽子》學術研討會，主辦諾貝爾文學獎作家索因卡詩歌朗誦會，主辦「宗教文學獎」徵文，主辦「最愛一百小說大選」全民投票活動，協辦朱西甯文學研討會，協辦「寶島文學獎」徵文，協辦「臺北國際詩歌節」，協辦「臺灣文學與世界文學的關係」及「人文新境界」等系列學術演講。

三、創造現代性符號，賦副刊內涵以新的形式包裝。例如：結合網路調查的「E時代閱讀品味專題」，結合出版、提倡奈米實驗的「最短篇」寫作，開闢年輕作家每日見報的「閱讀新享受」及「青春接力賽」帶狀小欄。

什麼要取？什麼要捨？閱讀挑戰愈益嚴苛，編者的專業素養愈需講究。究竟要不要換湯、換藥或換處方？不僅促使副刊編者舉棋長考，也提醒作者深思：有什麼理由要叫讀者非讀我的文章不可。顯而易見，未來的副刊，將更強調文章的精省與力度，冗蕪的書寫勢必退位，這是艱苦的試煉，也是副刊不可能衰亡的保證。

——原載二〇〇四年一月十日《羊城晚報》，二〇〇四年二月號《聯合文學》

■補　記

一、副刊的沒落，緣於紙本閱讀率的下滑。紙本閱讀最大的壓力，來自網際網路。網路搶走了一部分平面媒體的廣告，也搶走了為數不少的訂戶。X世代、Y世代的年輕人愈來愈依賴電視遙控器與電腦滑鼠認識世界。以具有兩百餘年報紙歷史的美國而言，有人預估在二十一世紀中葉，所有的報社都將熄燈關門；也有人認為報紙是靈魂的大教堂，再怎麼說，人類都不可能拋棄靈魂的教堂。

二、據二〇〇六年十二月一日出版的《銘報新聞》報導，臺灣大傳、新聞相關科系新生不看報紙的比率超過三成五。新聞科系學生如此，其他科系學生可想而知。而根據尼爾森媒體研究，臺灣人整體閱報率至二〇〇六年已降至四成六。按，一九八〇年代初臺灣報紙黃金時期，整體閱報率最高曾逼近八成。

——二〇〇六年十二月二十四日

流雲迎面撞擊的飛行

——詩的美感體驗

新詩創作從一九一七年發端，到今天已經有八九十年歷史了。在這八九十年間歷經了各種主義、各種美學的實驗，確已形成一座非常豐厚的藝術寶藏。我想通過幾個古今相通的詩的原理，實際檢驗幾首詩，即可證明新詩創作的背後是有美學觀念在支持與導引的。

不管在海峽此岸還是對岸，我們常常會聽到一些人說，新詩難懂，懷疑新詩寫作有沒有章法。既不用懷疑，也可以懷疑。因為，一個詩人，不論他進行意向表述或是情境觀照，都必須借助審美對應物，這個審美對應物是美感交流的憑藉，通過這樣的東西才能傳達美感經驗，而這往往也就是詩的主要的內容。換言之，詩不是直接表達的，它的難懂就在這裡。舉一個大家熟悉的例子，《詩經・魏風》中的〈碩鼠〉：「碩鼠碩鼠，無食我黍，三歲貫女，莫我肯顧」，第二章呼求碩鼠「無食我麥」，第三章呼求碩鼠「無食我苗」，借大老鼠來比喻剝削聚斂的權貴。今天，知識分子、讀書人會覺得，這控訴有什麼難懂呢？但是，假設我們沒有通過文學教育、幾千年來形成的文學典故的認知，一般人很可能會覺得，寫這個大老鼠跟剝削人民的權貴有什麼關聯呢？這中間的跳接有時候就不是那麼容易懂了。新詩也是如此。我們必須承認，詩的閱讀有它不好懂的地方，它不像小說散文，像是在陸地上馳騁，詩呢，是在天上飛。這個講題的命意也就在此。

造境自然

我要跟各位報告的第一個美感體驗是：造境自然。自然，是所有文學共通的要求。語言要自然，材料要取之於自然，這是我們知道的，但我們往往忽視了造境自然。詩人創造情境，情境本身要借助於意象，詩人筆下的意象又要去除掉它原本在自然之中的一些關係跟限制，然後才能融入一個合乎文學律法的構造裡。

我想舉一首新詩的例子，這樣就比較好說。臺灣詩人楊牧有一首詩，〈孤獨〉，他借「孤獨是一匹衰老的獸」這一個意象來表現。孤獨是難以琢磨的心理，具象地說它是一匹衰老的獸，我們就清楚了。詩人借這匹衰老的獸當主角，創造了一個想要澆塊壘、一吐真言的戲劇情境，而終於這匹獸還是覺得不吐比較好，因此這個人又把這匹獸送回他心裡，把孤獨藏起來了。我們來看看這匹獸，並不是說，詩人發現了它，選擇它作為表達孤獨的一個意象之後，就可以把它捨棄了。不是。他繼續地經營，繼續以戲劇情境示現，這匹衰老的獸，從頭到尾在詩裡得到了呼應，得到了照顧。詩的後半：

孤獨是一匹衰老的獸／潛伏在我亂石磊磊的心裡／雷鳴剎那，他緩緩挪動／費力地走近我斟酌的酒杯／且用他戀慕的眸子／憂戚地瞪著一黃昏的飲者／這時，我知道，他正懊悔著／不該貿然離開他熟悉的世界／進入這冷酒之中

既是孤獨就應該藏著嘛，不應該跑出來，結果他現在跑出來，於是：

我舉杯就唇／慈祥地把他送回心裡

這匹獸，是自然中物，在詩的世界，其龐然身軀竟可以爬進酒杯裡，也可以又送回心裡，已經脫離了現實情境的限制。我們為什麼覺得這說法如此自然，因它合乎造境的自然，不可能發生而可信。

由此我們相信：新詩創作，借助自然中的意象，然後，去掉它在現實中的限制，完成其藝術情境的表現。像這樣的詩，是表現內在的心理活動，呈現了內心的特殊樣態。這種內在的心理活動，是詩的美感泉源，是詩的當行本色，也是現代詩人據以表現藝術的看家本領。

情動於中

第二個美感體驗，我要講的是：動情。所謂「情動於中而形於言」，原是一句老話。詩人創作起心，當然是要動情。然後在表達時要有意圖，這個意圖須有一種抒情的流動性。古人講「詩言志」。「志」，我覺得，在詩的表現，它不是靜態的知性的道理，而是流動的生命經驗，是驅使情感要到達一個目標的意圖。我們很熟悉的詩人，馮至，有一首詩叫〈蛇〉：

我的寂寞是一條長蛇，／靜靜地沒有言語。／你萬一夢到牠時，／千萬啊，不要悚懼！

牠是我忠誠的侶伴，／心裡害著熱烈的鄉思……

詩中的「我」希望看看對方的回應如何，他有情感的意向。

戴望舒的詩〈雨巷〉：

撐著油紙傘，獨自／彷徨在悠長，悠長／又寂寥的雨巷，／我希望逢著／一個丁香一樣地／結著愁怨的姑娘。

我們讀這首詩，發覺敘事者從巷子這頭一直走到悠長的那一頭，始終沒有碰到那位姑娘。但是沒有碰到又何妨？他內在的心理活動已經完成，已經完成了那一流動的過程。藉著這一過程，呈現了特殊的很難表達的愛慕。

我以前寫過一首詩，叫〈住在衣服裡的女人〉。寫女人，不想直接寫身體，就拿女人的衣服來寫，開頭三句是：

> 我渴望妳覆蓋，風一般輕輕壓著我／以妳細緻的皮膚如貼身的夜衣／或彷彿就是我自己的皮膚

接著，從外衣寫到內衣，從半裸寫到全開，把渴望、忍抑不住的感覺表達出來。

凡此種種，都是心中顫抖，情有所動，而形之於文。我相信，必須寫作者動情，才能夠使讀者也動情。

剛剛講到「詩言志」。光「志」不足以成詩，「詩言志」底下說「歌永言，聲依永，律和聲」，必須要有音韻之美，才能夠成為一首詩。古典詩在這一方面要求嚴謹。至於新詩，原理相通。可是因為新詩有相當程度是取法西方文學，通過翻譯，參照西方詩人的作品，原來的音韻之美往往已不存在，於是有一些人誤解了，覺得音韻無須考慮，大家都比較著重在意象上面。非常可惜，中文應該表現音韻之美的。我們看傳誦的新詩作品，

或者說還讓人記得的作品，確是強調音韻之美的表達，譬如用類疊的詞句，譬如用複沓的句子。

不久前陳思和教授請來復旦大學演講的瘂弦有一首詩，〈如歌的行板〉，表現人生就像歌的節奏，而歌就像人生的步調一樣：

溫柔之必要／肯定之必要／一點點酒和木樨花之必要／正正經經看一名女子走過之必要……

瘂弦用十九個「之必要」的句子，通過這些「之必要」的疊詞的音韻，把人生繁雜的、本來可能不搭調的、不相關聯的東西結合起來了。我覺得相當的有意思，是一個典範。這首詩的句型很有名，連臺灣的廣告詞、傳媒標題都仿用。

詩若具音韻之美，往往勝過於苦心孤詣尋找意義的效果。詩這一文體，強調音樂性，依靠音樂性。我恰好有一首沒什麼繁複意義的詩，是一首情詩，講一種冤家情深的狀態，題目叫〈一刻〉，其特殊效果就在呢呢喃喃的聲音，我念給大家聽聽：

在電話裡妳無緣無故地哭／無緣無故地傷心／我無緣無故聽妳哭／無緣無故
陪妳傷心
在夢裡妳無緣無故地說夢話／無緣無故地詰問我／我無緣無故和妳對話／無
緣無故說許多話
明明睡了又醒了／無緣無故醒到天亮醒到天黑／無緣無故地哭無緣無故地不
哭／無緣無故地哄無緣無故地被哄
啊這是什麼緣故／是不是像從前妳遇見我／現在我遇見妳那樣／沒有緣故正
是百年的緣故

用「一刻」要表達的其實是「百年」，用「沒有緣故」要表達的是那種三生石上的緣命。如果不細聽的話，就只聽到「無緣無故」不斷地反覆。我在寫作的當時是刻意地要傳達這種效果的。

超越現實

第三個美感體驗是：超越現實，如在目前。讀者對詩中的審美對應物，不能夠只把它當作自然事物而只產生現實的反應，必須要重視它在這首詩中的構成，深入意識底層冥思。

有一年我到日本「秋吉台國際藝術村」，參加一個翻譯計畫。他們要把我的詩翻譯成日文出版，我提供了二十五首詩，其中一首叫〈憂鬱的北海道〉。北海道是日本的一個地名，當時參與翻譯的日本詩人覺得很奇怪，北海道有陽光，有花田，那麼明亮，怎麼會憂鬱呢？如果是從現實去看北海道，它是一個陽光景點，但是，問題是我們把它擺到文學裡邊只是要寫景嗎？不是的，至少我寫〈憂鬱的北海道〉，是借景而寫情的。如果純粹介紹景的話，那就變成旅遊報導，那不是詩，寫詩，一切景語皆情語。我的詩著眼於北海道薰衣草花田，薰衣草是紫色的，紫色是一種憂鬱的顏色。我看到陽光照射著花田，好像有一位女子在紫光中徘徊，她離去之後留下了一襲紫色的衣服，紫色的衣服在天邊、在我夢中繚繞，就又帶出了那一片花田。為什麼會有這個紫衣的女子、這個夢境呢？哦，原來是有薰衣草的精油。精油點燈，整個室內都有薰香的感覺，是精油在炙燒，因而產生了這樣的氣息，這樣的氣息引起了一個情景的回憶。所以，只不過是一瓶精油，薰衣草的精油，使我勾連上那一大片花田，以北海道為代表的花田。我不曉得，我這樣講得清不清楚，創作者必須超越現實對一地或一事一物的認知，去呈現另外的屬於心理的情景。

像〈憂鬱的北海道〉這樣的表達，會不會有隔的問題？不會。不隔的原因是它落實在很具體的薰衣草上面。王國維《人間詞話》，有隔跟不隔的說法。怎麼樣叫作不隔？語語如在目前。語語如在目前，真是詩美學表現的一個重點。新詩不是不可以用典，但是如果接下去沒有「語語如在目前」的具象的情景的話，那就會有隔了。《人間詞話》還說不要用代字，古人常常喜歡用桂華來代表月亮，用紅雨來代表桃花，用章臺、灞岸來代表柳樹，這就會有隔。如果只要能這樣就算是詩，那不如準備一本類書當祕笈好了。

在臺灣，我看到，有一些青年朋友寫詩，過度地強調比喻。就好像《郵差》這部電影，聶魯達告訴青年漁夫馬里歐說，學詩首要學會隱喻。他所謂的隱喻其實包括明喻。的確，比喻是詩表現很重要的一個方法，但是不能過度依賴。過度依賴，特別是用那種一個代一個的詞語，就會落入像古典詩講的代字的窠臼裡。好的新詩，更強調它的精神，強調整篇的象徵情境。我最記得林泠寫過的一首詩，〈1991年法蘭克福客棧〉，講一對年老的夫婦曾經在德國的法蘭克福客棧道別。為什麼在這個地方道別呢？他們之間的關係可能發生了問題，要去投靠兒女，結果兒女沒有收留他們，因此他們只好各奔東西，男的去了荷蘭，上了船。女的呢？詩人說她太老了，淪落都不易啊，她穿著小時母親改過的舊皮襖，去到覆雪的山坳。可憐天寒地凍，外景是那樣的殘酷，內心是那麼孤寂。最後，女的死在雪地，一個瑞士農夫走過，還以為是羊，就幫她還給了土，落了戶。非常淒涼的一個故事，語言極為簡練，沒有用什麼像什麼，什麼就是什麼那種手法，但是，我們覺得，天地無言，非常有人生的象徵意義。逼真的超現實是它強烈的詩意。

還有一位詩人，路易士，早年在大陸上就寫詩了，後來到臺灣，變成領導現代派的紀弦。他很多詩凸顯的也是人的精神。我覺得，有精神，就有氣象，氣象可以超越文字的小技巧。譬如說〈七與六〉，紀弦說，拿著手杖七，咬著煙斗六，七是具備了手杖的形態的，六是具備了煙斗的形態的，七加六等於十三，十三是一個不吉祥的數字，不吉祥的數字帶來悲劇，悲劇等於天才，天才天才我來了，於是你們鼓掌，你們喝采……這是什麼詩啊！是詩，讀起來淋漓痛快，有一種動人的精神。大陸的詩，我不敢置評；臺灣的詩經過現代主義的塑造、後現代主義的標新立異，一度陷入技巧耍弄，太注意小技巧，開闊的氣象就沒有辦法出來，一九九〇年代中期頗有人有見於此，開始提出檢討。

詩人之眼

第四個美感體驗，姑且稱為：詩人的著眼點。我還是要借王國維的話：政治家之眼囿於一人一事，詩人之眼則通古今而觀之。詩能夠超越凡俗，當然是通過象徵的技法。邵玉銘先生上一堂課講到聞一多的詩〈一句話〉，聞一多另有一首傳誦的詩〈死水〉，擺到任何一個腐敗的社會代言，都令人心有戚戚焉，覺得是我們的心聲。這顯示了詩的超越性、永恆性。要創造這一特性，詩人下筆不能不講究特別的著眼點。

有非常非常多的例子，我現在只舉一個表達女性意識的。臺灣詩人夏宇，她在臺灣社會還沒有喊出「只要性高潮，不要性騷擾」的口號之前，已經把女性意識通過詩，很有力地表達出來。到二十一世紀的今天，我們讀來還覺得新鮮。例如〈野獸派〉：

> 二十歲的乳房像兩隻動物在長久的睡眠／之後醒來　露出粉色的鼻頭／試探著　打呵欠　找東西吃　仍舊／要繼續長大繼續長大　長／大

乳房，女性的突出物，女性的生殖武器。夏宇這個女詩人特別著眼於乳房，毫不羞怯，毫不隱諱，一反過去古典閨秀詩人的傳統思維，藉著這個特殊的象徵符號來傳達現代女性的自主意識，女性可以走到世界各地，可以出外尋找自己要的，面對男性不但不必乞求、等待，更可以看不上眼，打打呵欠，覺得索然無味。這首詩是一九八七年寫的。她更早有一首小詩，一九八一年的〈銅〉：

> 晚一點是薄荷／再晚一點就是黃昏了／在洞穴的深處埋藏一片銅／為了抵抗／一些什麼／　日漸敗壞的

銅是什麼？是銅離子，避孕器。時代開放了，二月十四日西洋情人節，很多地方都會送保險套。但早在一九八一年，一個女詩人，她用銅，這麼古老的刻鐘鼎文的東西，表達什麼？女性要自己保護自己，不要受制於身體的變化，不要奉子女之命而結婚。在那個年代，她已經就有那麼先進、開放、自主的想法，這樣的詩作，我覺得它有一種生動的、交感的表現。交感的特質永遠會讓人覺得新鮮、有韻味。

世紀交替的時候，我看到大陸有所謂的「下半身寫作」。那些詩裡邊當然也有一些新鮮的質素，但是我想說，寫到這一步，下一步該如何呢？那樣聳動的字眼，好像已經到頭了，不知還能夠如何發展。反而是像夏宇這種詩，著眼於銅，著眼於乳房這樣特殊的視點，在含蓄之中熱烈大膽，一旦加以探索，你就覺得它不得了，驚心動魄地要表達一種新意識。

詩中有句

第五個美感體驗，我強調詩中要有金句。《人間詞話》引用了朱熹論詩「古人詩中有句，今人詩更無句」。宋朝的朱熹就有這樣的感慨了，王國維深表贊同，認識到這樣一個問題。我為什麼要強調詩中有句呢？現在網路媒介興起，在網路上面有相當多的詩發表——當然不限定是網路，平面媒體也是，絕大部分的詩是無句的。我們說，有句無篇不是好詩，反之有篇無句，如果一首詩讀完，到頭來沒有一句印象深刻的句子，那麼詩也太容易寫了。詩必須要有幾個特殊精警的句子能夠讓人記憶的。你看，「蒹葭蒼蒼，白露為霜，所謂伊人，在水一方」，或者「我欲與君相知，長命無絕衰，山無陵，江水為竭」等，一直到「春眠不覺曉，處處聞啼鳥」。年初，九十幾歲的臧克家，中國寫實主義的前輩詩人過世，我看到新聞媒體報導也引了他的名句：

有的人活著，／他已經死了；／有的人死了，／他還活著。

死與活有短暫與永恆不同的意思，層次耐人尋味。詩人臧克家如果沒有名句讓人摘引，那他的新聞會減味遜色不少。

好的詩句，是情意的主題，是點睛之筆。好的詩人都具有創造語言新美感的能力。

——二〇〇四年二月二十五日上海復旦大學演講紀錄

西語文學精品

——關於拉丁美洲極短篇

拉丁美洲文學大師波赫士(Jorge Luis Borges)有句話令人感興味：「當說話人覺得聽話人已經明白自己想說的事情時，就不再說下去了。」這是他談自己的短篇小說時說的。

波赫士許多小說譯成中文只一千多字，甚至短到三四百字，顯然是上述觀點的實踐。例如〈謀略〉，描述凱撒被刺，在追殺的人群裡認出親信布魯圖，驚呼道：「我兒，你也在內！」十九個世紀後，一個高卓人被其他高卓同伴追殺，不支倒地時認出養子的臉，驚訝道：「連你啊，罷了！」波赫士說，命運總是喜歡這樣重複、變奏，一幕幕再三搬演。另一篇〈傳說〉，描述《聖經》人物該隱殺了弟弟亞伯後，又在沙漠碰面，該隱請求寬恕。

亞伯回答說：「我已經不記得究竟是你殺了我，還是我殺了你？我們現在不又跟以前一樣相處在一起了麼！」

該隱說：「我現在明白你的確已經原諒我了，因為遺忘就是原諒。我也要試著遺忘一切。」

亞伯慢慢地說：「這樣才對。心有懊悔也就心存罪惡。」

兩篇都在探討殘殺，而且是至親者的殘殺，進而表現承擔命運、真正寬恕的精神。

波赫士擅於引用故事，糅雜幻想、製造夢境，做形而上學的遊戲。儘管他的小說主題至為深沉，篇幅卻總是精簡。如他所說，小說家是說話人，要讓讀者（聽話人）明白所說的事情，但聽話人能夠聯想、補白的，說話人就沒必要再多費口舌。不只波赫士，西班牙語系（特別是拉丁美洲）的小說家，也都擁有這般高明的、內斂的敘事才情。

一九九〇年代，年輕而優秀的西語文學專家張淑英教授，從西班牙圖書館影印了一大批飽含人生信息的故事，包括波赫士的，開始在《聯副》譯介西語極短篇。這些篇章或為人物素描或為戲劇動作，有的只是一小段獨白或對話，不見故事場景的變換、角色性格的發展，卻無礙於引發讀者讀小說的樂趣，及對命運的思考。除了波赫士，我印象特深的，是阿根廷的安德森．殷貝特，他的作品賦予幽靈人心、賦予鬼魂人性，試舉幾篇作例證：

一位殺人凶手將被害的無神論者葬在一座荒無人煙的修女墓園裡，不料，修女們唯恐褻瀆，連夜背著各自的墓碑從河的右岸移到左岸，凶殺案因而被偵破。（〈天衣無縫的罪行〉）

一個調皮的女學生，在女創校人的銅像與一座男教授的雕像間，惡作劇地畫上私會交歡的足跡，第二天她沾沾自喜地回到現場，卻見那些足跡已被塗掉，留有擦痕，女創校人雕像的手上猶沾有一抹汙黑的顏料。（〈雕像〉）

一對夫婦故意在院子裡放一塊蛋糕，想誘懲一位經常爬到頂樓偷窺的笨小孩跳下來。他們謊稱念三遍咒語即可乘著月光平安下滑。那笨小孩果然念了咒語後頭朝地往下跳。意外的是他沒摔死，反而乘著月光的金色滑梯，喜孜孜地伸手拿走蛋糕，又上溯高飛，消失在陽臺煙囪上。（〈月亮〉）

一位搶匪殺害了同夥，想獨吞一箱金銀珠寶。在逃亡的火車上，卻見鄰座一婦人與

被害的鬼魂喋喋不休，到站時提走了皮箱。他始而癱瘓麻痺，終而變成清潔工也看不見的一具人影。（〈候客室〉）

一位青年問一位公爵如何能名留青史，公爵說殺害一位名人。那年輕人於是殺了那公爵。（〈1622年8月21日〉）

安德森・殷貝特這些創作故事，在角色的心理動機上，有巨大的可議性，人物形象也因這心理動機引致的衝突，而生動立體起來。結尾的翻轉使簡明的情節包含更多諷諭，這是極短篇最令人著迷的特色。

張淑英翻譯過的西語極短篇，除阿根廷，還包括墨西哥、瓜地馬拉、薩爾瓦多、宏都拉斯、尼加拉瓜、古巴、哥倫比亞、委內瑞拉、烏拉圭、智利，與歐洲的西班牙等。最短的〈審判〉，寫人被審判，審判官是骷髏，骷髏判人永遠活著。全篇不滿五十字，可與中國文言筆記小說中最短的作品競短，探究的生存哲學，則遠非相近篇幅的筆記小說所能及。

現代人生活越繁複，對「死亡」的思考就越迫切。「死」逼得人去反省「生」的各種境遇。西班牙作家馬特歐・狄耶茲 (Luis Mateo Díez) 的〈井〉，寫一口淹死弟弟的井，在二十年後被家人汲水，打上來一個瓶子，瓶中有一紙，紙上寫著：「這裡頭的世界和其他世界沒啥兩樣。」小說止於這句話，這句話化解了二十年來家人對未知世界親人的懸念，內蘊因而極動人。馬特歐・狄耶茲另一篇〈信〉，則寫一個自殺的魂靈每天早晨仍回到辦公室，繼續寫他十四年來尚未寫完的長信，這信詳述當初自殺的原因。寫信，是一個補救動作，表現出自殺者的悔憾。

或是生者與死者的對照，或是生前與死後的對照，極短篇未加描寫的留白部分，才是最教人聯想、最富深慨的。諾獎作家馬奎茲的〈無題〉，寫一個從十樓跳下自殺的人，在下墜過程看到各樓層左鄰右舍的私生活，墜地前對世界的看法完全改觀，他澈悟道：選擇放棄的生命其實還是值得活的。墨西哥作家阿雷歐拉（Juan José Arreola）的〈聖經故事〉，寫一位拔營的將軍寫信給情人，囑咐女子梳洗薰香，約她在今夜紮營地相會，他將穿著紫袍，備妥佳餚，在一張舒坦的床上——以一顆被砍斷的頭顱等待她的到來。這兩篇與前述安德森・殷貝特的極短篇都有歐・亨利式的意外結局，呈現時間壓縮下無可迴避的人生境遇，那不是經驗情節，是命運情節。經驗不免局限在個人片面，未必有參照價值，命運反之，因是共通的精神元素建構起來的人生體系。

以拉丁美洲為代表的西語文學，融民族信仰、魔幻想像、潛意識心理於一爐，發現神奇揭示真實，在形式技巧上十分敏感，常能於一小粒芥子中表現大宇宙，實具有小說標本的意義。

——二〇〇五年三月一日寫於臺北

抒情至上

二〇〇〇年我出版個人詩選集，談到自己的詩觀時，特別著重詩心。詩心，無非掌握生命中難言的枝節，像是飄飛在時間中的光影，從中發現了一些什麼，並且精確地傳達出來。

多次受邀講詩，我也不斷追問詩是何物？「千秋萬古，為留待騷人，狂歌痛飲，來訪雁丘處」，如果情是元遺山筆下那隻大雁的精魂，詩就是雁丘，為後人傳說無明的執迷、無私的犧牲、無可抗拒的處境。

詩的要素，不是理智、亦非感覺而已。詩固然要有知、有覺，但少掉迴腸盪氣之情，絕非好詩。

古往今來，最為傳誦的瑰麗詩篇，例如《詩經》的〈蒹葭〉，樂府的〈上邪〉，例如李義山的「深知身在情長在」、李賀的「筠竹千年老不死」、蘇東坡的「料得年年腸斷處」，哪一位讀者不受此情感動！

可是，在理解力蓋過想像力的資訊現代，寫詩的人混同了時代的繁華喧囂，詩歌被誤用來注解歷史、新思潮或社會現實，詩人以時新彆扭的語言企圖表達自己對宏大敘事的關懷、對家國人生的良心，結果是用錯了表達工具，選錯了表達方式，猶沾沾自喜於知識寫作。他不知詩不是傳播知識的好媒介，不為知識而存在。

「情」是何物「詩」就是何物！詩不靠蒐集一些資料來完成，不靠反射一點機智來附庸，詩是教養中最尖端的個人本真，讓人文價值得以發光。成色飽滿的詩不落在俗世意趣上，而永遠歸屬在情感的探索、生命的安頓。

以這樣的標準看，前此十餘年創作界與學界交相吹捧的後現代寫作成果，美學意義十分薄弱，很多作品只見機心不見自然，不幸那機心又相當浮表，更加令人不敢恭維。

所幸，這樣的寫作風尚終於過去，二十一世紀抒情主體復位，中生代詩人以情愛作為想像力的試煉，探索神祕領域的階梯，重新尋找素樸、深沉的語言質地，於是，夏宇在《愈混樂隊》中出現「錯不在我我被誘惑／被誘惑被你誘惑／我被你誘惑／被誘惑」

的聲音；我在《我年輕的戀人》裡則有「在電話裡妳無緣無故地哭／無緣無故地傷心／我無緣無故聽妳哭／無緣無故陪妳傷心」的語調。二〇〇四年陳育虹完成五十八首組詩《索隱》，羅智成推出二千七百行連作《夢中情人》，進一步鞏固了這一股抒情主義。

法國詩人安德烈・布列東（André Breton）與保羅・艾呂雅在合寫的〈詩注〉裡說：「抒情主義是抗議的擴張。」詩人反抗的什麼，皈依的什麼？不必明說而至為明顯，當文學無力撼動社會權勢，最好的辦法就是退回私人敘事，彰顯理想、浪漫純真的意義，以時間換取空間，在權慾橫流中，保住一點幽光。這樣的詩回歸古典素材而髹塗現代彩釉，重視生命體驗的能力、語言錘鍊的能力，在意象上未必有什麼發現，但在構思角度卻有新的突破，不致審美疲乏，且思想情感與表現形式是諧和的。這是我選詩的標準。

——原載二〇〇五年三月四日《聯合報・聯合副刊》

如果奚密寫詩

奚密（1954–）攻比較文學，長年在美國任教。我雖讀過她的論著《現當代詩文錄》，及與馬悅然、向陽合編的《二十世紀台灣詩選》；也曾在千人聚集的會場，聽她即席口譯諾獎詩人沃克特（Derek A. Walcott）的演說、介紹沃克特的詩藝，但說不上認識，直到二〇〇二年她在《聯副》寫了一年「詩生活」的專欄，我逐篇細讀，揣想其思想性情，才算有了比較親切的了解。我記得李歐梵談過寫作的「天真與世故」，我的體會是：世事洞明就不免世故，世故展現的豐富練達當然不易，但真正難求的還在情感清新。

奚密講述詩與詩人的隨筆，交融感性、知性，從生活著眼，重視愛情主題，不放過感官氣味、頭髮代表的生之慾、聲音的遐想、數目字的美學、筆名的形象、笑話的意涵，以及鏽蝕流逝等幽微心理……，這些都需要一顆天然真純的心，這就是詩心。她洋溢著詩的情懷，而又充具才學，不論是講唐代女詩人魚玄機或現代夏宇的詩，都能精約而盡致地把情境重現讀者眼前。批評的高度也就是創作的高度！我因而常想，奚密詮釋了那麼多詩，編譯了那麼多詩選，她自己也應當寫詩吧？

奚密解詩不是表淺地在做形式分析，也不移作現實應用，她深掘文化的感受，在詩學教養的根柢處引人思省。很多詩人學者是她近身交往的朋友，他們一起談論詩的生活如何開闢？詩的品鑑有什麼方法？詩歌的教育與創作如果被學院體制壟斷會有什麼嚴重後果？這些話題增厚了文章質地，自屬知性的世故。但話題未必有文學性，必須轉成故事才動人。講起故事，奚密變得天真、變得神采飛揚。講到巴布・狄倫 (Bob Dylan) 戀愛的民歌手瓊・拜茲 (Joan Baez)，我想起她的歌聲正是一九六〇年代我當學生時，著迷的時尚。講到普魯斯特 (Marcel Proust) 用氣味喚醒記憶，我想起費爾巴哈 (L. A. Feuerbach) 把感官分為心靈的與肉體的兩種，嗅覺是肉體的，聽覺是心靈的。以英國民謠為例，奚密說歐洲文化裡每種香草都有象徵意義，則勾起我對《楚辭》中蘭蓀蕙芷那一大群託喻君子的姊妹的懷想。講到美國詩人史耐德 (Gary Snyder)、阿根廷作家波赫士，又令我聯想從前所讀梁秉鈞和鄭樹森的譯詩。

有一回我看她譯美國當代詩人莫文(W. S. Merwin)的〈拂曉〉，在夢與醒之間，以透明的露珠象徵芬芳的愛情，深有啟發。後來讀到莫文其他詩作時，自然特加留意。朋友拿莫文的〈吐露〉唸給我聽，竟有重逢舊識之感：

> 對字而坐／夜深時我聽到耳語般的嘆息在／不遠處／彷彿松林裡一陣晚風或
> 黑暗中的海／那還未曾訴諸言說的／萬物的回聲／仍然旋織著自己的單音節／
> 在大地與沉默之間

二〇〇三年偶然發現俄國女詩人茨維塔耶娃(Marina Tsvetayeva)寫給大詩人里爾克的情書，也因為奚密先介紹過這位苦命女詩人，我遂不敢世俗而輕佻地論斷她不容於禮教的熾烈之情。

當我翻閱奚密由上述篇章擴充新編的文集《誰與我詩奔》(麥田文學出版，二〇〇五年)，對字而坐，彷彿也聽到字的耳語、詩的嘆息，優秀的文章的確是人類情感旋織在大

愛情把詩人當作箭使用

——關於情詩

愛情把詩人當作箭使用，古往今來傳誦不絕的詩篇，因而絕大多數是情詩。莎士比亞藉羅密歐之口詠嘆：

愛情是嘆息造成的煙霧，／噴洩出，是戀人眼中的火花，／受困了，是戀人淚水滋養的海。

藉朱麗葉之口吟唱：

晚安，晚安。分離是如此甜蜜的悲傷，／我要等天亮了才說晚安。

英國維多利亞時代著名的詩人，羅伯・布朗寧 (Robert Browning) 與妻子伊麗莎白・布朗寧 (Elizabeth B. Browning) 的情詩，更是真實生活中熱戀的結晶。羅伯・布朗寧揣想愛的魅惑寫道：

教會我，只要教我，愛人，／因為我必須／我要說你的語言，愛人，／你的想法——

布朗寧夫人回應他無比纏綿的告白：

我愛你以一種似乎在我失去我的天使時／同時失去的愛，——我愛你以我全部生命的／呼吸，笑與淚！——而倘若神意如此，／我將愛你更多，在死後。

中國文學裡迷離惝怳、深刻雋永的情詩也多不勝數。〈蒹葭〉、〈上邪〉固不待言，南朝樂府〈華山畿〉：

君既為儂死，獨生為誰施？歡若見憐時，棺木為儂開。

表現女子殉身、幽冥相隨的傳奇，塑造了民間故事梁山伯與祝英台的原型。

元遺山感慨捕雁者所述的雁侶情深的故事：「問世間，情是何物，直教生死相許。」〈雁丘詞〉經金庸武俠連續劇援用，已成人人上口的句子。

千古詩心無非抒情，情是何物，詩就是何物；詩人重視心中被風吹拂起的漣漪，每一首詩都是一座風吹過後的雁丘。

二〇〇六年聯合文學出版的《為了測量愛——當代愛情詩選》，每首不超過二十行，以精巧為上。四十首詩，呈現四十種心靈探險的境遇，反映赤裸、機敏、豐富的愛，確實相當可觀。

有的愛，是驚心動魄的傳奇；有的，卻於日常生活面相中低調地完成。

有的愛，是春光爛漫的詠唱；更多的，是自縛自苦的發抒。

有的愛，是漂泊偶遇的憐惜；也有，恨不相逢未嫁時的悵憾。

有的愛，大膽吐露；有的愛，吞吐誘引。有的愛，表現呵護的痴心；有的愛，祈求生生世世的輪迴。

性愛的意象尤其繽紛，例如：用蠟燭、銅號、金字塔喻指男性，用隧道、洞穴、潮水、溫泉喻指女性，用凹凸積木形容兩性身體……詩人著意於形色、氣味、溫度，遍奏出令人遐思的美感。

每一首詩皆受我傾心神往，我各寫的二三百字評析乃不從學理，而求詩意地表達，希望讀者細細欣賞，體會情愛的寄託，珍重情愛的去來。

愛擊敗一切／讓我們也向愛繳械

這是兩千年前詩人維吉爾(Virgil)的歌聲，我相信，也是世人的心聲，所有詩人甘心承受的命運！

——原載二〇〇六年七月號《聯合文學》

【文學 004】

你道別了嗎？　　林黛嫚　著

●民國 94 年中山文藝散文創作獎、聯合報讀書人書評推薦

你知道每一次道別都很珍貴，你無法向那些不告而別的人索一句再見，但是，你可以常常問問自己，你道別了嗎？作者在這本散文集中，企圖以透過人稱轉換造成的距離感，呈現散文的瀟灑文氣以及小說化的敘事筆調。

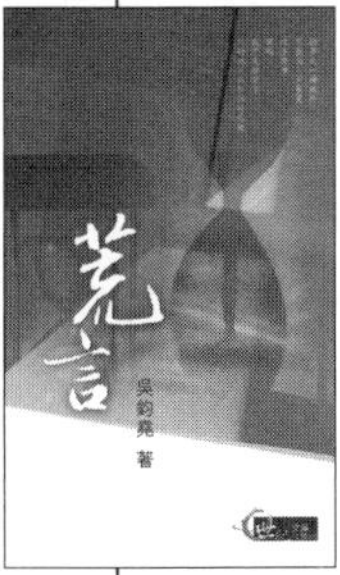

【文學 007】

荒　言　　吳鈞堯　著

●中國時報開卷書評推薦

當時間緩慢而堅決地自生命的罅隙流逝，記憶如沙堆疊、崩落、四散。作者將凝放在時空裡的過去，收拾成一篇篇記錄自我生命軌跡的「隻字荒言」，面對著一切的終將消逝，唯有在對逝去歲月的眷戀凝視中，才能把告別的哀傷，化為一股持續奮起的力量。

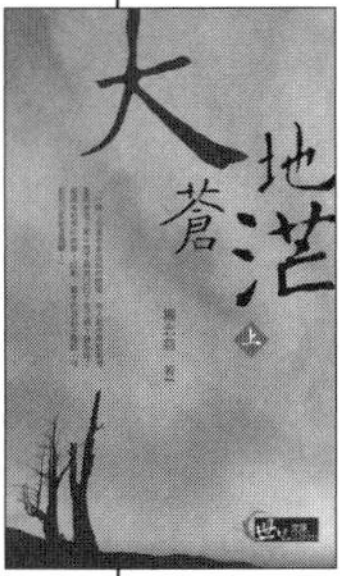

【文學 010】

大地蒼茫（二冊）　　楊念慈　著

睽違二十多年，資深作家楊念慈，繼《黑牛與白蛇》、《廢園舊事》後，又一部長篇鉅著——《大地蒼茫》終於問世！山東遼闊蒼鬱的故事背景、粗獷樸實的人物性格，在作家的妙筆下栩栩如生。凝神細讀，將會不知不覺走入那段驚心動魄的烽火歲月。

【文學 011】

重陽兵變（三冊）　　京夫子　著

本書為京夫子現代歷史小說系列壓卷之作。自 1976 年毛澤東病逝前後，中南海內外陰謀密布，機詐萬端。從天安門廣場百萬民眾抗爭，到唐山大地震幾十萬人喪命，到領導階層左右派雙方調集重兵圍城，釀成 10 月 6 日的「十月兵變」。京夫子筆走龍蛇，慷慨悲歌，一路寫來，不亦快哉！

【75】

煙火與噴泉　　白　靈　著

新詩的發展呈現出許多不同的風貌，如何延展它的生命內涵，是一項極為重要的課題。本書以各種角度，分析新詩的過去與現在，並對未來指出一條可行之路。

【187】

現代詩散論（經典重刻）　　白　萩　著

白萩詩風複雜多變，且與現代、藍星、創世紀及笠等詩社淵源深厚。他特別致力於探索現代詩的語言藝術，認為心靈有了感動才能寫詩。本書收錄了作者對現代詩語言、形式和發展現況的探討，以及對其他詩人作品的評論，尤可見他對詩歌藝術不斷的追求和探索。

【238】

文學的聲音　　孫康宜　著

不斷的追尋、傾聽文學作品中作者的聲音，本書作者發掘出中國古典作家許多意味深長的「面具」(mask) 美學，透過文本的細讀，並博引國際漢學家的評論觀點，本書帶領讀者以更廣泛的視野和客觀的態度，深入追尋文學中千古不朽的聲音與回響。

【242】

孤島張愛玲　　蘇偉貞　著

●聯合報讀書人2002最佳書獎文學類推薦

香港，毫無疑問是連結張愛玲「天才夢」的起點及小說創作的終點港口。走著張愛玲走過的路，待在她待過的學系，試著以她的眼光回望這一切。同為女性作家的蘇偉貞以嚴謹的文學研究為根基，鍥而不捨的追索，將張愛玲滯港時期小說的意涵及影響作了最生動的詮釋。

國家圖書館出版品預行編目資料

文字結巢／陳義芝著.－－初版一刷.－－臺北市：三民，2007
面；　公分.－－(世紀文庫:文學013)

ISBN 978-957-14-4656-1　(平裝)

1. 中國文學－評論

820.7　　96000832

著作人	陳義芝
總策劃	林黛嫚
責任編輯	張守甫
美術設計	謝岱均
發行人	劉振強
著作財產權人	三民書局股份有限公司
發行所	三民書局股份有限公司 地址　臺北市復興北路386號 電話　(02)25006600 郵撥帳號　0009998-5
門市部	(復北店) 臺北市復興北路386號 (重南店) 臺北市重慶南路一段61號
出版日期	初版一刷　2007年1月
編號	S 857080
基本定價	肆元貳角

行政院新聞局登記證局版臺業字第〇二〇〇號

ISBN　978-957-14-4656-1　(平裝)